歳月
留痕

因为感动 所以敬爱

歲月留痕

东方寂璘 著

黄河出版传媒集团
宁夏人民出版社

图书在版编目（CIP）数据

岁月留痕 / 东方寂璘著. — 银川：宁夏人民出版社，2016.8
ISBN 978-7-227-06414-5

Ⅰ. ①岁… Ⅱ. ①东… Ⅲ. ①报告文学—中国—当代 Ⅳ. ①I25

中国版本图书馆CIP数据核字（2016）第200574号

岁月留痕　　东方寂璘　著

责任编辑　王　艳
装帧设计　陈冰融
责任印制　肖　艳

黄河出版传媒集团
宁夏人民出版社　出版发行

出 版 人　王杨宝
地　　址　宁夏银川市北京东路139号出版大厦（750001）
网　　址　http://www.nxpph.com　http://www.yrpubm.com
网上书店　http://shop126547358.taobao.com　http://www.hh-book.com
电子信箱　nxrmcbs@126.com　renminshe@yrpubm.com
邮购电话　0951-5019391　5052104
经　　销　全国新华书店
印刷装订　宁夏银报印务有限公司
印刷委托书号　（宁）0002284

开本　720 mm × 980 mm　1/16
印张　16.75　字数　190千字
版次　2016年8月第1版
印次　2016年8月第1次印刷
书号　ISBN 978-7-227-06414-5/I · 1655

定价　66.00元

习近平总书记关于非公有制经济的重要讲话

非公有制经济要健康发展，前提是非公有制经济人士要健康成长。广大非公有制经济人士要加强自我学习、自我教育、自我提升，十分珍视和维护好自身社会形象。要深入开展以“守法诚信、坚定信心”为重点的理想信念教育实践活动，积极践行社会主义核心价值观，做爱国敬业、守法经营、创业创新、回报社会的典范，在推动实现中华民族伟大复兴中国梦的实践中谱写人生事业的华彩篇章。广大民营企业要积极投身光彩事业和公益慈善事业，致富思源，义利兼顾，自觉履行社会责任。

——2016年3月4日，习近平看望出席全国政协十二届四次会议民建、工商联界委员并参加联组讨论

促进非公有制经济健康发展和非公有制经济人士健康成长，要坚持团结、服务、引导、教育的方针，一手抓鼓励支持，一手抓教育引导，关注他们的思想，关注他们的困难，有针对性地进行帮助引导，引导非公有制经济人士特别是年轻一代致富思源、富而思进，做到爱国、敬业、创新、守法、诚信、贡献。

——2015年5月18日至20日，习近平在中央统战工作会议上发表重要讲话

岁月留痕

高禧先生与夫人卢会庆女士

主人公简介

高禧 汉族，甘肃武威人，中共党员，研究生学历，高级工程师，高级经济师，国家一级建造师，甘肃省第十一届人大代表，甘肃省第九届政协委员，中建协质量分会理事，甘肃省建筑业联合会副会长，甘肃再就业建设工程（集团）有限公司董事长。

荣获“全国五一劳动奖章”；获得中国优秀民营企业家，全国优秀建筑企业家，全国优秀项目经理，全国优秀建造师，甘肃省劳动模范，甘肃省非公有制经济人士，甘肃省优秀中国特色社会主义事业建设者，甘肃省“创业带头人”，甘肃省优秀建筑企业家，甘肃省优秀项目经理，甘肃省优秀建造师，武威市劳动模范，武威市第一、第二届党代表，武威市第一、第二届人大代表等殊荣。编著有企业管理论集《人生因奉献而丰盈》。

他创办的甘肃再就业建设工程（集团）有限公司是甘肃省第一家获得中国建设工程鲁班奖（国家优质工程）的民营企业。该企业被授予全国就业与社会保障先进民营企业、全国“守合同重信用企业”荣誉称号，连续15年被甘肃省、武威市工商行政管理部门授予“守合同重信用企业” 荣誉称号，连续13年被甘肃省住房和城乡建设厅、甘肃省建筑业联合会授予“三优一文明”企业荣誉称号，连续5年被甘肃省建筑业联合会授予“五星级甘肃省建筑业诚信企业” 荣誉称号等。

序

一

“一花一世界，一叶一菩提。”每个人都是一个独一无二的世界。

岁月匆匆，时间流逝。五十知天命的时候，内心突然泛起小小感触，我的世界里有多少回忆为生命平添色彩？

把心交给笔，细书岁月留痕：淋一身雨水，踩两脚泥泞，路径两旁的小花依然吐艳，童年的那张脸，在记忆深处化成了无数的圆点……

迈着碎步向前行，无缘无故独自流泪的年纪已经过去，叠加的脚印吟唱着生命的坚忍，奋斗的日子里，辛苦并快乐着。闭上眼睛，聆听秒针嘀嗒走动的声响，昨天播下的种子，今天长成了树，悄悄流逝的日子写满沧桑的记忆；弯下腰，拾起一片时光的叶子，金黄悦颜面，生命亦精彩，感恩从心生，眼前一片美丽，有太多的人令人感动，有太多的事令人振奋……

承继春花夏雨，在经历了许多疑惑、彷徨、感动、欣喜之后，少了激情，多了沉稳；少了冲动，多了冷静；少了烦恼，多了理智；

少了放任，多了责任；少了盲从，多了自我……清楚了自己的人生定位，习惯了自己应扮的角色，找到了锅碗瓢盆交响曲的正确演奏方法，明白了赤橙黄绿青蓝紫多彩生活的精密编织，懂得了柴米油盐酱醋茶的精心调理，参透了在淡泊以明志、宁静以致远的意境中洞明凡尘。一切释然，该来的来，该去的去，不怨天尤人，默默接受已有的现实，平静地工作和生活，去完成自己应尽的责任，让生命在时空的轨迹中，淡了又淡，淡了再淡，淡到无声无息，了无痕迹……霜染的白发和脸上的鱼尾纹，不知是幸福的年轮，还是岁月美丽的图画？

“洗手的时候，日子从水盆里过去；吃饭的时候，日子从饭碗里过去；默默时，便从凝然的双眼前过去”。散文大家朱自清先生告诫人们，花有重开日，人无再少年，时间留不住，也追赶不上。于是，不敢懈怠，勤谨珍惜每一个晨曦、每一次日暮。夜幕降临，正襟危坐于书桌前，茶杯里那几片淡绿色的叶子优雅地旋舞着，思绪扯开一缕缕往昔的光阴，双手敲击键盘，用文字记录心路历程，用心说话，思想与真诚交谈，跃动的汉字如快乐的音符，心情便会随着这音符的跃动走进岁月的春华秋实。

年年岁岁花相似，岁岁年年人不同。丙申年庚寅月，春节将至，搓搓敲打键盘有点僵硬的双手，收拾一年的心情，盘点一年的收获，一本《岁月留痕》四篇二十八章，十九万字，把我尚未飞逝的记忆、消退的往事、流走的年华细细地装饰成一幅剪贴画。成功的、失落的，拥有的、失去的，喜悦的、忧伤的……一切的一切都定格在这幅画里，得失之间总在不经意地演绎着人生旅途中的风景。

我把这幅画，捧在手里，真情暖于胸口。仔端细瞅，这幅画的底色完全是家乡的景致。家乡地域文化渗透到我的骨髓，像太阳的光辉一样，随缘呈现出多种色彩，牵引着我的心智。家乡的色彩给我的人生烙上永恒印记，生命中携带着这方水土的基因……在这片宽厚的热土上，能寻找到我留下的足迹、洒下的汗水，不爱她，我还能爱谁？

二

“天爷天爷大大下，蒸下的馍馍车轱辘大……”我一次次地重复着古老的家乡歌谣，心中总是泛起一丝丝淡淡的惆怅。

家乡地处祖国内陆的西北，贫困是最基本的乡情，扶贫攻坚是家乡最大的任务，同步小康，家乡怎能掉队？

加快经济发展是实现家乡扶贫、脱贫的关键，经济的发展需要一大批企业创造财富，需要千千万万个创业者去实现他们的企业家梦想。

毋庸置疑，民营企业和民营企业家是家乡经济发展的主力军。民营企业的可持续发展需要政府和社会各界的帮助、支持，民营企业家的健康成长需要政府和社会各界的理解、关怀。我们应该知道企业家想什么、要什么，更应该明白自己有什么、能给什么。

于是，全国五一劳动奖章获得者、中国优秀民营企业家、甘肃省劳动模范、甘肃再就业建设集团董事长高禧先生成为《岁月留痕》的主人公。

有人说："诗人永远不可能与商人交朋友。"这句话说出了文人与商人难以逾越的鸿沟。我等，是算不上文人的文人。但是，近朱者赤，近墨者黑，读了点书，写过点字，总也沾了一点点文人的"清高"。说实话，去接触企业界的"老板"，心情还是很复杂的。

采访高禧先生的过程，是升华思想、完善创作思路的过程。数月时间，一路奔波，几多艰辛，收获满满。至今回想起采访高禧先生的往事，依然清晰如新，令人遐思不已、激动不已。当你真正走近民营企业家这个群体，就会产生一种肃然起敬的感觉，你就会自觉和不自觉地对民营企业家产生一种公正的、客观的评价：创业者不易，创业者伟大！

采写《岁月留痕》一书的初衷是想要传播一种感恩的意念、向善的文化、利众的精神；今天，我试图努力去打开人们与民营企业家之间的"心结"，敞开心扉，交流思想，融合情感，促进发展。这不正是一代代人都在寻找的包容与和谐吗？

有了这些创作的愿望和目的，我突然觉得自己的行为崇高了起来。

三

有一位名人曾说过，读一本好书，就是和许多高尚的人谈话。我说，读朋友的书，这谈话就变得更加愉快和亲切了。

《岁月留痕》虽少了些华丽的辞藻、呆板的说教，但一个个真实的故事用朴实的语言娓娓道来，折射着岁月的光芒，它总是给人一种向上、向善、向前的力量！

一杯清茶，二三知己，捧一本《岁月留痕》读读，一股正能量渐渐传递开来……

四

媳妇再丑，最终还是要见公婆的。

经过艰辛的采访、写作，《岁月留痕》终于要与读者见面了。在忐忑之余，我殷切地希望它能成为与大家思想交流的纽带，情感沟通的桥梁，赢得理解的使者。

曾有人建议，请名家给《岁月留痕》写个序吧。我说，算了。今天，写这些不知所云的东西，权作为序。

东方寂璘

农历丙申年庚寅月于武威

目录

第一篇 创业，源自一个甜甜的梦想

第二篇

兴业，践行一个执着的承诺

第三篇

传承，书写一个企业的魂魄

外一篇
因为感动，所以敬爱

第一篇

创业，源自一个甜甜的梦想

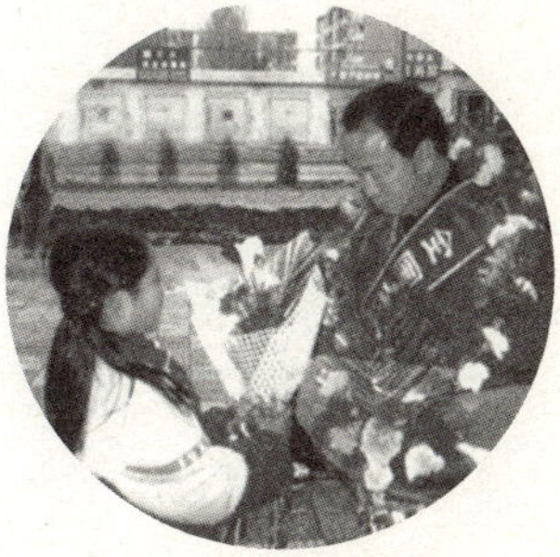

“（我要）带领更多的乡亲们共同致富。”

“咱们盖房子要上对得起国家，下对得起百姓，更要对得起自己的良心。”

第一章

自古凉州多英豪

甘肃，古属雍州，地处黄河上游，它东接陕西，南控巴蜀青海，西倚新疆，北扼内蒙古、宁夏，是古丝绸之路的锁匙之地和黄金路段。它像一块瑰丽的宝玉，镶嵌在祖国中部的黄土高原、青藏高原和内蒙古高原上。

它的名字是取甘州（今张掖）、肃州（今酒泉）二地的首字而成。由于西夏曾置甘肃军司，元代曾设甘肃省，故甘肃简称甘；又因省境大部分在陇山（六盘山）以西，而唐代曾在此设置过陇右道，故甘肃又简称为陇。

武威，甘肃省十四个地州市之一。

地处甘肃省河西走廊东端的武威市，1986年被国务院命名为全国历史文化名城和对外开放城市，2001年5月经国务院批准撤地设市，现辖凉州区、民勤县、古浪县和天祝藏族自治县，总人口近200万人，聚居着汉、回、蒙古、土等38个民族，是“中国旅游标志之都”。

武威古称凉州，历史悠久，源远流长，是古丝绸之路上的重镇。早在5000多年前，武威就有人类活动。

公元前121年，汉武帝派骠骑大将军霍去病远征河西，击败匈奴，为彰其武功军威而将该地命名为武威。

自汉武帝开辟“河西四郡”，历代王朝都曾在这里设郡置府，东晋十六国时，前凉、后凉、南凉、北凉和隋末的大凉政权先后在此建都，这里成为长安以西的大都会，中西交通的咽喉，民族融合的熔炉。

悠久的历史孕育了灿烂绚丽的“五凉”文化、西夏文化、佛教文化和民族民间地域文化。武威名胜古迹众多，文化遗存丰富，是甘肃省的文物大市。

这里雪山高原、绿洲风光、大漠戈壁等自然景观与历史文化遗存交相辉映，人杰地灵，素有“银武威”之称。

昔为“五凉”京华，河西都会，襟带西蕃，雄镇丝路；通一线于广漠，控五郡之咽喉；人烟扑地，桑柘稠叠，市廛熙攘，商贾不绝。“更看今朝盛世华旦，日月新躔，万民踊跃，气象万千，浩浩乎发展大势已成焉！”一代又一代武威儿女凭着超人的智慧、坚韧不拔的意志，演绎了一幕幕动人心魄的活剧，创造了一个个人间奇迹。“百姓殷富安居，市乡丰饶齐芳。看古城换新颜，蔚然而成泱泱。”

历史在赋于武威大地悠久灿烂、光彩照人的文化历史的同时，也赋予了武威儿女干事创业的胆略和意志。

承古风之遗韵，诵当世之歌章。

改革开放的大潮风起云涌，凉州儿女击楫中流，为当地经济的发展和社会的进步默默地奉献着自己的智慧和力量。全国“五一劳动奖章”获得者、优秀中国特色社会主义事业建设者、中国优秀民营企业家、甘肃再就业建设集团董事长高禧先生就是其中的一位。

第二章

家有男儿初成人

1962年，农历壬寅（虎）年四月十七日酉时，甘肃省武威市凉州区高坝镇高坝村高长延、朱兰英夫妇家中又添一丁。

这年，新中国前所未有的“三年困难时期”刚刚结束，大饥荒的阴影依然笼罩在广袤的河西农村大地，生活的重荷常常使人们难以喘息，清苦的日子总是真实地写在人们的脸上。

高长延、朱兰英夫妇的家庭和当时凉州农村其他的农户没有太大的区别：两间低矮的土房，几样简单的农具，一个始终没有装满过米面的旧粮柜，几个面黄肌瘦的孩子……但是小生命的诞生，还是给高长延、朱兰英夫妇带来了不少的欢乐，他们看着这个虎头虎脑的儿子，喜从心生，对未来美好生活，充满了无限希望。他们盼望着孩子能给家庭带来更多的喜庆，于是给孩子取名叫高禧。

一个新生命的诞生，决定了一个新故事的开始。

这个故事，缺少了许多浪漫的内容，但是因梦想而生的故事，多了几分责任、几分执着、几分奉献……

1969年春，七岁的高禧和同村的小伙伴们高高兴兴地走进了学校。

那个年月的日子真叫苦。

父母总是天不亮就去参加农业社的集体劳动，但是因孩子多，劳动力少，高禧一家总是缺粮吃，每年的三四月，只能到生产队借些储备粮渡过春荒，吃个白面馒头更是孩子们的奢望。

十二三岁的孩子，正是长身体的时候，但是因家庭生活拮据，每天一小碗（不足半斤）炒熟了的玉米籽，就是高禧读书期间每天中午的口粮。

父母的辛苦，高禧看在眼里。每天早晨，天刚麻麻亮，高禧就背起背篼去捡拾驴、马、牛、猪的粪便，积累起来交给生产队，换取劳动工分，贴补家里。下午放学回家，他就和兄妹们拿水桶到一公里外抬水，把家里存水的水缸装得满满的，以减轻父母的劳动负担。

十年寒窗，晨读五更，夜习子时，高禧希望通过自己的努力改变生存状况……1979年，高禧从武威市高坝中学毕业后，被招聘到武威市东关园艺场太平滩分场，当上了合同制工人。

武威市东关园艺场现在已经更名为凉州区东关植物园。该园是在原国民党军阀马步青的私家花园的基础上于1950年改建成的国营园艺场，占地面积61.39公顷，植被覆盖率达到75%，有苹果、梨、核桃等各种树木2万余株，是武威市城区内的绿色宝地。

20世纪80年代，能到国营园艺场当工人，是一件很好的事情。当时只有十七岁的高禧，背着简单的行囊，来到了位于武威市城区北部，距城区12公里的武威市东关园艺场太平滩分场报到。当天，高禧被分配到太平滩分场第八大队工作。

如今的武威市东关园艺场太平滩分场已经开发建设成为武威新能源装备制造产业园，园区规划总面积27.7平方公里，距金武公路1.5公里，距金昌机场45公里，紧靠已开工建设的金武高速公路和拟建的兰张城际高铁，交通十分便利。园区着力打造国际知名的光电、风电装备制造基地，国家新能源装备研发、制造和示范基地，西部地区重要的新能源装备成套供应基地。

昔日的太平滩，并不像今天这样厂房林立、机声隆隆，而是“晴天尘土扬，雨天烂泥塘，风起沙迷眼”的戈壁滩。高禧在这里与其他工友一道，战酷暑，斗严寒，兴修水利，植树造林，改造生态。

两年间，他不仅学会了砌坝修渠、植树造林，而且掌握了农业生产中的耕种浇灌、追肥除草、田间管理、打碾扬场，成了农业生产中的一名好把式。

1981年，在太平滩分场第八大队工作两年多时间的高禧，怀揣着一腔干点事儿的热情和梦想，辞去了人们羡慕的国营园艺场工人的工作，回到了自己的家乡——高坝镇高坝村。

高坝村，一个在祁连山下、石羊河畔广袤的农村大地上，随处可以找到影子的村庄。

祁连山横亘在蒙古高原和青藏高原之间，承受着两大高原的碰撞。它横跨两省，影响西部甚至中亚，自古就备受重视，是一座寄予众多希冀的山。它从乌鞘岭向西，绵延上千公里，纵贯了数条山脉，含纳了数个峡谷。它海拔在4000~5000米之间，高山积雪形成的长而宽的冰川，再加上森林带的降雨，水源之沛，发源出数条著名的内陆河流，维系着祁连山生态系统，灌溉了祁连山下千万亩良田，养育着数百万人口。

青海青，黄河黄，
更有那滔滔的金沙江；
雪浩浩，山苍苍，祁连山下好牧场；
这里有成群的骏马，千万匹牛和羊；
马儿肥牛儿壮，羊儿的毛好似雪花亮……

这首脍炙人口的民谣，将祁连山的绝美和祁连山下的富饶充分展现在人们眼前。

石羊河是一条古老而美丽的河，发源于积雪皑皑的祁连山北麓的冷龙岭。

石羊河是甘肃省三大内陆河之一，位于河西走廊东端，它浩浩荡荡，流经武威市的天祝县、古浪县、凉州区、民勤县，金昌市的永昌县、金川区，流域总面积4.16万平方公里。

数千年来，石羊河用汩汩流淌的“乳汁”滋润着美丽的凉州大地，孕育了灿烂辉煌的古凉州文化，创造了闻名于世的金川镍都，是武威、金昌、张掖、白银市的生命线，是河西走廊人民的母亲河。

生于斯，长于斯，高禧深爱着这里的一人一物、一草一木，这里是他的生命起源地。高禧快步走下312国道，沿沙土小路步行几里路，就到了高坝村。

这是一个秋暮冬初的日子。

田野里的庄稼已经收割完了，树上的黄叶开始凋落，几头老牛悠闲地在田野里觅食。几十户人家的院落，散落在村庄里，一伙老少爷们围坐在村头的大树下“挖牛九”（当地的一种纸牌游戏），几位婆姨媳妇一边飞针走线，一边谈论着“张家的猫儿被李家的狗咬死”的故事，几个顽皮的小孩子在嬉戏追逐着，洒下一串银铃般的笑声，让有些寂静的村庄，增添了些许欢乐。

一阵秋风，黄叶一片。

高禧踏着飘落的树叶，推开家门，走进了自家的院子，望着自家低矮的土房，看着年过半百的父母和面黄肌瘦的兄妹们，他的心情慢慢沉重了起来，男子汉特有的责任感涌上心头，他暗下决心，要通过自己的努力，改变目前全家的生活状况！

秋天，乡村的夜晚是安静的，除了远处传来的几声狗叫外，没有一点儿声响。

夜，静悄悄的，风儿虽然微微吹来，却仍使人感到丝丝寒意。天空中繁星万点，像一颗颗光闪闪、亮晶晶的夜明珠，美丽极了。

月光是那么皎洁、那么温柔，像一位美丽多情的仙女，她笑得那么美、那么甜，满天的星星宛如一群不懂事的小孩子，静静地听月亮姐姐讲故事。

高禧躺在自家的土炕上，透过窗户玻璃，仰望星空，这美好的夜景，丝毫无法改变他心底产生的那份惆怅和迷茫。

这夜，他辗转难眠。

也就是那个夜晚，高禧的心底萌生出一个大胆的念头：走出去，闯一闯，一定要改变自己的生活状况，活出人样来。

西北的暮秋，天气已经冷了下来，能感觉到阵阵寒气。高禧背着简单的铺盖卷，挤上了公共汽车。

他来到了永登县的一个建筑工地，一干就是3个多月。当时的施工队是人民公社的集体施工队，干一天活计10分工，另外发点补助。转眼春节就要到了，工地放假，高禧领到了150多元钱的工资。看到第一次有了这么多的钱，他高兴地去裁缝铺做了一套新衣服，打上铺盖，准备回家过年。

地貌呈“三川夹两河”（八宝川、庄浪川、秦王川，庄浪河、大通河）的永登县，属甘肃省兰州市管辖，总面积6090平方公里，总人口53万人，是古丝绸之路的重镇、河西走廊的东部门户和西陇海兰新线经济带甘肃段的重要节点。中川机场坐落在境内，兰新铁路和312国道纵贯全境，尹中高速公路和国道109线、省道201线、永天公路、永尧公路，及马秦、通大、连民、中坪、通七、满秦等县乡公路形成了四通八达的交通网，在区域经济发展中具有承东启西、连南济北的重要作用。

永登火车站位于甘肃省永登县城关镇，建于1953年，是兰新铁路的一个车站，距离兰州火车站111公里。这里不仅是永登县13个镇、5个乡、11个社区、240个行政村50多万群众出行的聚会点，也是全国各地商贾、游客南来北往的途径之地。高禧扛着铺盖卷，挤上通往武威的火车时，虽然已是数九寒天，但他却浑身冒汗，他把铺盖卷放在行李架上，伸手摸装在新衣服口袋里的钱和车票，可是口袋空空如也，里面的钱和车票不知啥时候已被小偷偷去了。

几个月辛勤换来的血汗钱被可恶的小偷偷去了，高禧的心情一下子跌入了谷底。他木呆呆地望着车窗外快速向后划去的山川、树木、车辆……心里实在不是个滋味。初“闯”社会，给高禧留下了一个深刻的印象：闯社会不易。

这个春节，高禧过得不愉快。不过，这些不愉快不但没有挫伤他闯闯社会的想法，反而更加坚定了他“干点事儿”的信心和决心。

第三章

初生牛犊不怕虎

西北终究是西北。

封闭，阻隔了文明气息的渗透；贫穷，把人们的欲望压缩到了生存线。在这样一种环境中，人的潜能已经不是用来改造环境，而是消极地适应环境了。

1981年，尽管以家庭联产承包责任制为主要内容的中国农村改革已经开展得如火如荼。但是，地处西北地区的凉州高坝，改革的春潮只见微波，感受不到改革带来的巨变。

这里的人们受守旧思想观念的束缚和人多地少、严重缺水等自然条件的制约，生活变化依然不大，乡亲们的日子仍然过得紧巴巴的。

哥哥你走西口，
小妹妹实难留，
手拉着那哥哥手，
送你送到大门口……

《走西口》这首古老民歌，流传于晋、陕、甘、内蒙古四省交界处，即便在凉州地区也广为流传，它牵扯着一段厚重的历史，这段历史曾经包含了成千上万人的命运。

传统的、封闭的、惰性的思维方式，几乎无所不在地限制着人们、阻碍着人们，它像一只无形巨大的手，把西部贫困的人们推入不断重复昨天的日子的循环之中。

这种悲剧成分远比情歌《走西口》要沉重、可怕得多。

知名作家雪漠曾在2010年的时候，写过《凉州人追求活的理由》这么一篇文章。文中写道：

“凉州人文性格跟温州人是两个极端：温州以‘不安分’为乐，凉州人以‘安分’为本。不安分的温州人，能只身渡大洋，到人生地不熟的异国他乡，建立属于自己的一方天地。”“而凉州的安分，同样造就了一批凉州人，十几代务农为生者比比皆是，一抔抔黄土掩埋了一个个安分守己的灵魂。”

“因为相对封闭的生活空间，极少有外界的喧嚣扰乱心灵，凉州人便有时间去思考一些也许已淡出大部分温州人视野的诸如灵魂和信仰之类的事。他们眼中，人的一辈子如同过桥，那‘过’便是目的。

要是你过于贪婪地想在那桥上做些事或是造房子，是很滑稽的事。我的朋友讲过一个温州人的故事，他身患绝症，却仍到处买房炒房。当我将这个故事讲给凉州人时，他们会无一例外地冷笑。他们会说，霸了千贯霸万贯，临亡了霸下四块板。那四块板的意思是棺材。他们认为，那些追逐金钱的温州人真是莫名其妙。他们为啥不好好享受呢？难道他们不知道，世上的钱是挣不完的，而人的生命只有一次？”

“凉州人知足常乐，没有侵略性，没有排外性。”“我老听到凉州人说：‘哎呀，外地人真可怜。来到这儿爬街台子。’凉州人把开店铺经商叫爬街台子，他们眼里，爬街台子是很苦的。凉州人决不欺负外地人，反而对他们有种由衷的同情。”

援引作家雪漠的这些文字，丝毫没有贬低凉州人的意思，只是想体现凉州人过去对待生活的一种态度。因为相对封闭的生活空间，20世纪80年代初期的凉州人走出去的欲望确实不高。

高坝人是凉州人的一部分。但是，高禧是一个不甘心守着两亩土地受穷的凉州人。

1981年，这是一个很普通、很普通的年头，但是它承载着高禧和一家几代人美好的希望起航了。

经过仔细的市场调研，高禧发现，高坝村虽然不是城郊，但离武威城区也只有十几公里，于是他收拾了一辆已经生锈的破自行车，每天起早贪黑地骑自行车，把从城区蔬菜批发市场上批发的蔬菜运到离城四五十里外的乡村去叫卖。那年月，农民手头的钱并不多，他就用蔬菜换粮食、鸡蛋，再把粮食运到粮食部门出售，把鸡蛋拿到城区的市场出售，这样来回“倒腾”，高禧的手头活泛了起来。

俗话说：小买卖人，赛富汉子哩。同村的几名伙伴，看到高禧通过“倒腾”有钱了，便请求和高禧一同做买卖，高禧欣然同意了伙伴们的请求。

于是，在改革开放的初期，高坝村就产生了一支农产品贩运的“铁骑兵”。

每天清晨天不亮，这些年轻人就用自行车把城区市场上批发的辣椒、茄子、西红柿等蔬菜和其他农产品运到乡里去卖，逐步发展壮大，他们又把城里的食盐、白糖、洗衣粉等生活用品也运到乡里去卖。

虽然十分辛苦，但是一天下来，每人的收入都在七八元人民币。如果运气好，一天就有两张“大团结”（指10元人民币），一月就有近600元的收入。当时的一位乡长，月收入也就200元左右。

这不低的收入，激发了高禧和他的伙伴们努力地去做好生意的热情。

第四章

迈出一步天地宽

高坝村和邻村的自行车贩运队伍迅速增加，但是当地的市场只有那么大，生意越来越难做，钱越来越不好赚了。

高禧便和几位好友商议，把本地的铝锅等生活用品运到临近的金昌、张掖、古浪等地去卖。

说是临近，最近的金昌、古浪也有100里路；到张掖、山丹、酒泉就有好几百里路。靠自行车贩运蔬菜行不通，他们就偷偷乘坐货运列车（当地的群众把这种行为通俗地称之为“扒火车”）去张掖等地贩卖武威铝锅厂生产的各种铝锅等生活用品。

那时的武威火车站，是建于1954年的老车站，不大，很旧。

一些特快列车在这儿连个气儿都不喘，就呼啸而过。在武威火车站停靠的客车，每天不超过五趟，都是绿皮的慢车。

有客车停靠的时候，平静的小站，便开始热闹起来。

“嫩嫩的玉米棒子，来一个……”

“冰棍、冰棍，一毛钱一根……”

小商贩的叫卖声还没有落地，驱赶商贩的工作人员已经赶到了商贩的身边，推着、赶着、嚷嚷着……

乘客从月台匆匆而过，列车就喘着粗气，继续前行，小站又恢复了宁静。

在武威火车站停靠最多的是货运列车，货运列车中以油罐车和木料车为主。

油罐车和木料车停靠武威火车站，也是为了“会车”，给呼啸而过的特快列车让路。所以，停靠的时间都很短，就是时间长的也不会超过20分钟。

那是一个深秋的傍晚，天还没有完全黑下来，阴冷的西北风呼呼地刮着，不一会儿，天气就阴沉了下来，满天是厚厚的、低低的、灰黑色的浊云。

西北风呜呜地吼叫着，吹过树梢，光秃秃的树木像一个个秃顶老头儿，受不住西北风的袭击，在寒风中摇曳；吹过车站月台上的电线杆，电线便“呜呜——”的嚎叫起来……

高禧和四位伙伴乘车站工作人员不太注意的时候，把几十件铝锅等货物和五辆自行车，偷偷装进一辆西去的木料车上时，“呜——”一声长鸣，列车已经徐徐开动，慢慢驶出了武威火车站。

高禧和他的伙伴们，为了在最短的时间里把货物以最快的速度装上列车，每个人都挣得大汗淋漓。

这时，火车疾驶在深秋的戈壁滩上，从腾格里沙漠深处吹来的西北风撕扯着他们的衣服、头发，把他们的脸吹得冰冷冰冷，鼻子吹得紫红紫红，吹得高禧和伙伴们紧紧围抱在一起瑟瑟发抖。

风是雨的头。这句俗语，一点不假。

列车启动不到半个小时的时间，刚过怀安车站，天就下起了雨。

刚开始雨不大，但雨点很密。这时风驰电掣的列车带来的寒风裹着雨点向他们袭来，使高禧和他的伙伴们只能相互依靠在一起，把铝锅顶在头上遮风挡雨……

这夜，雨时大时小，一直未停。

列车时走时停，300多公里路，走了十几个小时。

毛毛雨儿透衣裳。

一夜秋雨，把高禧和伙伴们的衣裤都浇了个透，头上的雨水顺着脖子、脊背往下流，最终从他们的裤脚里流了出来。

当列车停靠到临泽火车站时，东方已经露出了鱼肚白。

晨曦慢慢地推开了夜色的朦胧，太阳慢慢地升了起来，雨后的天空蔚蓝如洗，只有几朵淡淡的白云浮在空中，鸟儿开始欢歌。

雨过天晴，万物容光焕发，远处的山峦连绵起伏。一阵晨风吹来，空气中带了些泥土的清香，无比新鲜，令人心愉神爽。可高禧和他的伙伴们却冻得说不出话来，伙伴们相互搀扶着站起身来，稍作活动，就急忙把货物和自行车从列车上往下搬……

这次遭遇，给高禧的身体造下了病根。“每当天气发生变化，我的关节就隐隐作痛。”高禧回忆道。

高禧是个耿直、开朗、豁达的人。

至今提起生活中过往的事儿，他总是嘻嘻哈哈地说：“生活就是这样，辛苦并幸福着，忙碌亦快乐着。”

高禧辞职开始经商，虽然干的是贩菜、倒粮、卖食盐、卖铝锅等一些别人瞧不起的小生意，但他用一种执着的精神，风里来，雨里去，努力实现着“一定要改变自己的生活状况，活出人样来”的夙愿。

“高禧是个有本事的年轻人。”这句话，在高坝村的老少爷们中间传开。一时间，给高禧说媒拉线的人开始频繁地出入高禧父母家的小院。其实，高禧已经有了喜欢的人……

1982年农历腊月十八，是个吉祥喜庆的日子。

高坝村的老高家和同心村的老卢家，张灯结彩，喜庆的鞭炮声此起彼伏。这天，高禧和卢会庆一对相爱相亲的年轻人喜结连理，走进了婚姻的殿堂。

婚后，几年间，高禧和卢会庆喜结爱情硕果。

长女高海燕，长子高万金，次子高万全出生。三个孩子的相继出生，给这个幸福的家庭，增添了许多乐趣。男主外，女主内，生活上相互关心体贴，生意上彼此支持帮助，高禧的小生意如鱼得水，风生水起。

经商第一年，他解决了一家人吃饱肚子穿暖衣的问题，甩掉了压在自家头上好多年的“贫困帽子”，使一家人的正常生活有了保障。

经商第二年，他成了高坝村第一个购买双卡收录机、黑白电视机的人。每到夜晚，父母总是很高兴地把电视机搬到窗台上，拿出自家的小板凳；小院内总是挤满了前来观看电视节目的同村男女老幼，欢乐便从这个小院里溢出。

经商第三年，他放下自行车，“鸟枪换成炮”，购买了摩托车，开上了崭新的手扶拖拉机，他的小生意跨上了“快车道”。

经过三年多时间风雨无阻的“倒腾”，高禧不仅逐渐改变了全家人的生活状况，而且手头也活泛起来。

20世纪在80年代初，西北农村的年轻人，能开上崭新的手扶拖拉机，绝不亚于今天农村的年轻人开上一辆崭新的小汽车。

每天，随着“突、突、突……”的手扶拖拉机的发动机声，高禧便把城区市场批发的生活用品运销到十里八乡去，再收购乡村的农副产品运到武威城区的粮食加工企业和外贸公司出售。

用手扶拖拉机搞农产品贩运，不仅拉得多、跑得快，而且来回不跑空趟，来回都挣钱。高禧自己赚了钱，也方便了乡亲们，对推动凉州农业生产和小加工业发展也起到了积极的作用。

由于高禧忙于生意上的事儿，这上奉老、下养小，全家的大小事务就几乎全落在妻子的身上。

卢会庆在娘家姊妹中排行老二，她不仅人长得端庄漂亮，而且聪慧贤良，上得了厅堂，下得了厨房，家里家外都是一把好手。

卢会庆虽然识字不多，但是很明事理。对自己的丈夫创业干事，她从未有过埋怨，是个豁达开朗，极富修养，识大体、顾大局的中国女性，是一个贤惠、任劳任怨的妻子。

这么多年来，外面的事儿一紧张，高禧就连续数月回不了家。妻子跟着他受了不少的累，吃了不少的苦，担了不少的惊。

给妻子卢会庆留下最深印象的是，三个孩子还很小的时候，高禧带着她和孩子们去兰州开眼界的事儿。

那次，高禧陪她到省城兰州的黄河边，沿着滨河路一直走，“黄河母亲”的雕像静静地坐落在黄河岸边。

那是一座巨大的黄岗岩雕像。

一个丰腴而优美的女性，半躺半仰地卧着，长发披垂，衣着皱披如一川涌浪，一双慧眼，宽厚、仁爱，深情地凝望着大地和天空。她的乳房旁有一个赤身的婴儿，天真烂漫如小天使，甜甜地笑着。

这是一尊散发着深沉的东方美之神。每一个站在她面前的人，心境都会经历一次崇高升华。这充满忧患与苦难、奋斗与欢乐的沧桑大地，无论生与死，无论今天与明天，都需要爱心奉献。

不过是兰州的偶然的一游，但是，“黄河母亲”的形象至今深深地铭刻在卢会庆的脑海中，受到的启迪影响着她的为人处世。

古人云：“君子之道，造端乎夫妇，及其至也，察乎天地。”君子都是从处理好夫妻关系而迈入君子之门的，然后才有可能事业成功。

古圣先贤展现的人生成长之路是修身、齐家、治国、平天下。修身为本，齐家为要。家庭和谐是人生幸福的一部分，更是事业成功的基石。

妻子和家人无私的支持，使高禧腾出了更多的精力，致力于自己醉心的事业。

家和万事兴。

这些年，高禧事业上顺风顺水，风生水起与小日子过得和和美美、红红火火是分不开的。

第五章

感恩产生致富梦

凉州，农耕文化丰富，耕种历史久远，农业区域特点明显，属内陆干旱半干旱性气候，日照时间长，昼夜温差15℃以上，是一个传统的农业城市。

据《武威市志》记载，新中国成立前，武威占农业人口45%的贫农和雇农，平均人均仅有耕地0.77亩，许多无地、少地的贫苦农民终年不得温饱。新中国成立后，土地改革使广大农民有了自己的土地，广大农民人均占有耕地2.92亩。饱受压迫、欺凌、饥饿的农民，怀着对中国共产党的感激、对新中国的热爱，建设美好家园，努力改善生活。

党的十一届三中全会开启了新中国改革开放的序幕，中国大地吹起了改革的春风。

伴随着改革开放的脚步，凉州大地春潮涌动。农业运行体制得到改革，农民的思想观念和生产、生活方式也悄悄地发生着变化，农民的劳动热情迸发，希望的田野上频传着一个又一个的捷报：1983年全国粮食总产量达到4073亿公斤，“凉州不凉米粮川”，更加呈现出五谷丰登的喜人景象，凉州连续四年粮食丰收，这一年粮食总产量接近4亿公斤。

短短几年时间，凉州农村的多少根讨饭棍被塞进了灶膛，广大农村，生机勃勃，日新月异，农民分享农村改革、发展的丰硕成果，家家户户粮丰仓满。

“吃饱肚子的问题解决了，可要过上好日子的问题，仅靠两亩农田是解决不了的。”

20世纪80年代初期，凉州开始作为甘肃省城市经济体制改革的试点市，敞开大门，开放开发转型，以工业为主体，以乡镇企业和城市集体经济为突破口，开始由过去单一的农业经济走向综合经济，由原料生产转向加工增值，由自给自足型经济转向商品经济型的亦农亦工的新型城市。

城市经济体制改革的起步，打破了凉州固有的“以农养农，以农养民”的格局。

在这个大机遇面前，不甘落后的凉州儿女积极投身到改革开放中，突破计划经济的羁绊，在市场经济的大潮中，奋勇扬帆前行。

凉州城乡市场异常活跃，非公经济如雨后春笋，蓬勃发展，非公人士成为改革开放初期，凉州经济领域一支最具活力的队伍。

一大批非公经济人士，不仅成了响当当的“万元户”，而且他们的身影活跃在市场经济各个领域的舞台上，其出色的表现令人刮目相看，激起阵阵涟漪，成为改革开放初期的亮丽景观。

市场经济的春潮一浪高于一浪，给敢于干事、善于干事的年轻人创造了千载难逢的历史机遇。也就是从那时起，高禧舍弃了贩菜倒粮的营生，萌生了干一番大事业，实现他“带领更多的乡亲们共同致富”的美好梦想。

高禧产生“带领更多的乡亲们共同致富”这个梦想，源于他对社会的感恩，源于他对在生命过往中每一位有助于他的亲人们的一种感恩。

高禧出生在“三年困难时期”，他对贫穷有极其深刻的认识。他忘不掉那些因缺吃少穿而面黄肌瘦、捉襟见肘的兄妹；忘不掉因贫困和疾病而惨死的小伙伴；忘不掉父母为了拉扯他们兄弟姐妹成人，而付出的难以想象的艰辛；忘不掉上学路上乡亲们省吃节用的资助；忘不掉学校课堂上老师的谆谆教诲；更不能辜负这个伟大的时代，给予他的闯市场、发展致富的广阔舞台；不能辜负创业干事的路上，家人好友给予的大力支持……

麻雀低飞百座乡村，只为了觅得更好的食物，生存的信念，足以让其放弃高傲的力量；雁掠千里云层，只为了回归温暖的巢窝，活着的意念，足以让其忍受风雨穿梭的苦涩；人行万里旅程，只为了追求心中的梦想，坚守的意志，足以让其忘却旅途的劳累与酸楚。让美好的梦想为导航，真实地生活，虽不壮烈，但也跌宕起伏；让美好的梦想起航，就要义不容辞地承载起执着的信念，无限的真情，大爱无疆……

时间推移到1983年，凉州城乡经济发展，市场活跃，百业俱兴，各行各业基础设施建设如火如荼，建筑施工工地遍地开花，处处塔吊林立，机器轰鸣，人头攒动……

这年的春天，高禧怀着“带领更多的乡情们共同致富”的美好梦想，拿上这些年做生意积累的几万元钱，与其他两位好友开始谋划干建筑施工。

当高禧做出这个决定的时候，他的一些好伙伴都不理解，当时的高禧在生意场上已渐入佳境，家庭生活条件初步得到改善，手头也有了一点积蓄，继续投资生意，可以说是如鱼得水，游刃有余，为啥要放弃相对顺手的生意和安逸的城市生活，去干既苦又脏又累的建筑施工呢？

高禧是个有心人。

他想，干建筑工地的活，确实比经商做生意累。但是经商做买卖，需要有文化，会算账，还要善于讲究“心计”。那年月，乡亲们大多数识字不多，乡村的初中生就算是文化人，上过高中的更是为数不多，如果谁家的孩子能考上大学，那就成了本村、本乡的大喜事，亲朋好友都要上门祝贺，家境好一点的学生家长，一定要买肉买菜、买酒买烟，请来厨师，做上几桌酒席庆贺庆贺。

民工在建筑工地上干的活儿都是“粗活”，需要的文化知识不多，只要乡亲们舍得出力，什么活儿都能干。同时，建筑工地上，劳动的场面大，需要干的活儿多，需要的人手自然就多，这样就能让更多的乡亲们有事可做，有钱可挣。

“干，就要干出点名堂。”

因梦想而产生的行动，包涵了无限的执着和坚定。从那时起，他带领乡亲们在永登县修过防洪堤坝、厂区道路、石灰窑、电石厂、硅铁厂高炉，建过办公楼、车间、职工宿舍；到青海民和县修过道路桥梁；到兰州九州开发区修过道路桥涵、炸山造地……他全部的身心都投入到了他认定的事业中。

那年，凉州的初春，乍暖还寒。

山坡上的积雪还未彻底融化，大地依然在寒冷的孤寂中沉睡，尽管春风微微地吹，但是依然寒气袭人。

高禧所在的这个建筑施工工地，在一个远离城镇的山沟沟里。南北走向的两座大山，就像老黄牛静卧在那里，贫瘠的大山敞露着宽厚的胸膛，山上没有树木，稀疏的小草连地皮都遮盖不住。

大山形成了一个宽不足10公里的大山沟，一条公路蜿蜒穿过山沟，一条泄洪的河道干巴巴地躺在那里，只有每年秋季遇到暴雨的时候，从祁连山深处滚滚而下的洪水，如脱缰的野马，横冲直撞，咆哮而下，经过这条干枯了好长时间的河道，奔向腾格里沙漠腹地一个叫青土湖的地方而去。

清晨，寒冷的东南风，从四五点开始刮，直到接近上午9点钟，太阳越过东边的山头，把光热撒在工地上的时候，才能停下来。傍晚，西北风从下午五六点开始刮，直刮到太阳落山的时候才能偃旗息鼓。这里的人们形象地比喻：“一年一场风，从春刮到冬。”

但是，不论是刮风还是下雨，高禧总是早早地来到工地上干活，他一边与工友们勤勤恳恳地干活，一边认认真真地学习建筑施工技术。

每天，收工回到宿舍，高禧总是伴随着昏黄的灯光，把白天看到的、听到的，老匠人们在工作中提到的问题和施工要点，都一笔一画地记在笔记本上，并在以后的施工过程中逐步应用、求证。

一个风大夜黑的夜晚，西北风刮得树梢、电线“呜呜——”嚎叫，简陋的工棚上的门窗被大风吹得啪啪作响，高禧却浑然不知，一阵寒风袭来，他裹紧被子继续写写画画、看图识图……

功夫不负有心人。

几年的时间，高禧不仅能砌砖、抹灰，还懂了识图、建筑预算等“老匠人”才会的“绝活”，成了建筑队里小有名气的“小匠人”。

追梦的旅程，是一个辛酸的过程。追逐的路途上，布满太多的坎坷与挫折，充满了许许多多无奈的选择、寂寞与苦闷、忧愁与烦恼。

但是，有梦的人是幸福的，勇于追求梦想的人是快乐的。因为他们懂得生活，更懂得珍惜生活的真谛！

吃苦、勤快、好学……高禧很快成了建筑施工的行家里手。由他带领大家干的活不仅快，而且质量也好，很快他赢得了建设单位的好评，工友们都很乐意与他交朋友。

大伙的认可和肯定，更加激发了他的热情。他把全部的精力投入到了建筑施工上，他深深地爱上了建筑施工这个既苦又累的工作，他把自己心爱的手扶拖拉机也开进了施工工地，拉沙运土，乐此不疲。

醉心事业的男人，往往是不称职的儿子、丈夫、父亲。

多少个日日夜夜，高禧和工友们辗转永登、民勤、天祝、古浪、武威施工现场，风餐露宿、夜以继日地奋战，他带的一帮工友们，总是以乐于奉献、敢打硬仗而深受建设单位的好评。

然而，父母需要儿子的关心和团聚，妻子需要丈夫的朝陪暮伴，儿女需要父亲的疼爱和关怀。这是人之常情，但是一个醉心于事业的人，到底又能够分给他的父母、妻子、儿女多少？！

高禧是一个孝顺的儿子、顾家的丈夫、关爱孩子的爸爸。

但是，古往今来，忠孝难两全。

高禧只能把服侍、照顾家中老人小孩的任务交给贤惠、能干的妻子卢会庆去完成。

一个成功男人的背后往往都有一个伟大的女人，这种女人会懂得如何去体贴劳累的男人，如何去安慰失败后的男人，如何去与自己的男人谈论各自的得与失，如何去与自己的男人分享追梦的快乐与幸福。

每当提起父母、家庭、子女，高禧总有一种深深的歉意涌上心来。这时，善解人意的卢会庆总是说："男子汉就应该把心思用在事业上。"

创业，本就不是一件容易的事。可是，高禧在创业的路上是幸运和幸福的。

如果遇到烦心的事儿，他会将真实的情况告诉给妻子，妻子总会百分之百地接受；在听了他的倾诉后，她总是给他以安慰，给他心理上极大的帮助、支持。正因为如此，高禧不仅事业发展得很顺，家庭也十分和睦幸福。

高禧为人豁达开朗，处世公私分明，也乐于同工友们在一块儿聚聚。

高禧长期带领工友们在施工现场干活儿，他发现工友们来自不同的地方，虽然在一个锅里吃饭，一个工棚里睡觉，但是平时除了工作上的交流外，情感上的交流很少，相互的关心帮助更少。再加上大家长期在外，干的都是体力活儿，既脏又累，娱乐高兴的机会就更少，猜拳、喝酒、讲笑话不仅是活跃大家生活的一种方式，更是增进大家友谊、敞开心扉交流的一个机会。

工友们的一些方言俗语，常常给高禧带来极大的启发，他即兴编成雅俗共赏的“段子”讲给大家听，一些平淡无奇的故事被他演绎得出神入化、逼真有趣，惟妙惟肖，引得工友们哈哈大笑。

同时，高禧还通过与工友们聚会娱乐，了解工友们的思想、掌握工友们之间的关系，妥善解决他们之间的矛盾。

那是一个夏日的傍晚，工友们聚在一起神侃，一位年长的师傅眉飞色舞地说：“小门小户的庄稼人，要想富起来，就得实实在在地干活，像燕子垒窝一样一口一口地叼，这样才能在致富的路上不栽跟头、不闪腰。”

这时，一位绰号叫“猴子”的年轻工友，诡秘地眨眨小眼睛，调皮地一笑，说：“师傅，干活挣钱，多好的事呀，只要有钱挣，越干越带劲，怎么能栽跟头、闪腰呢？怕是老公公见了漂亮的儿媳妇栽跟头、闪了腰吧。”

调皮工友的一席荤话，说得老师傅满面通红，无言以对，引得工友们哄堂大笑。

大伙儿起哄，一个劲儿地嚷嚷让老师傅讲讲关于儿媳妇的故事。

年长的师傅尴尬地说：“这个崽娃子，由嘴胡咧咧哩，我给大家唱段‘凉州曲儿’。”

“好、好、好。”在大家的叫好声中，老师傅站起身来，清清嗓子，唱了起来：

二月里来草发芽，
我和尕妹种庄稼。
种下庄稼干啥哩？
我给尕妹买手帕。
手帕要买一对儿，
我要和尕妹好上一辈子。

四月里来四月八，
尕妹给哥哥缝汗褂。
毛兰布裤子白汗褂，
你看哥哥我显洒不显洒？

八月里到了八月八，
高高山上拔胡麻。
妹子一把，我两把，
抽出时间给尕妹梳头发。
木梳梳了，篦子刮，
就想把尕妹心疼下。
……

一段雅俗共赏的“凉州曲儿”，把一个纯朴的爱情故事述说得淋漓尽致。优美的唱调，溢满了整个工棚。煽情的故事，再加上老师傅惟妙惟肖地动作表演，把工友们的情绪调动了起来，一天的疲劳伴随着一个个荒蛮的笑话，一曲曲凉州贤孝曲儿，一阵阵爽朗的笑声烟消云散。

正在说唱间，高禧走进工棚。他发现自己的一位同乡工友蜷缩在墙角，显得十分委屈和不开心。

经过了解得知，这位工友身体有一点残疾，那位年轻的调皮工友“猴子”给他起了个不雅的绰号“豁子”，工友们都知道后，广为传播，这位工友的心里很不舒服。

高禧便把“猴子”请到大伙中间，让大家评说，他做得对不对。年岁大一点的工友们，你一句，我一句，评说得“猴子”脸红脖子粗，无地自容，当场表示要自己掏钱买酒，给那位身体有一点残疾的工友赔情道歉。

工友们一听有酒喝，兴奋劲儿就更高了。

“酒、肉我买，情你赔，歉你道，还要当着大家的面，保证以后不做类似的事情。”高禧掏出100元钱，交给工友们去买酒、买肉，把身有残疾的工友请在大伙中间，“猴子”一脸愧疚地频频点头给大家认错，给大家敬酒请求谅解。在场的工友们也都表示，以后不再拿别人的身体缺陷来取乐。

待酒肉买来的时候，工友之间的矛盾已经妥善地解决了。

“哥俩好呀，怎么这么好？”

“六六顺呀，快发你的财……”

老师傅首先扯开了嗓子，抡开了胳膊，与工友们猜拳饮酒。

歌声、笑声、猜拳声、尖叫声，弥漫在工棚，感染了所有的人，整个工棚内，喜气洋洋。

凉州，千里河西走廊的门户。

说起河西走廊，不能不说一说河西走廊的酒文化。也许是因为河西自古就是古代北方匈奴、月氏等少数民族游牧的地方的缘故，这里的人们喜爱喝酒，无论男女老少，人人都能喝二两。民间素有“无酒不成席”的说法。

高禧和他的工友们大多数是地地道道的凉州汉子，故乡赐予了他们一副坚强的体魄，使他们在人生旅途中不知疲倦地跋涉着。同时，他们也信奉“人生如酒，酒如人生，喝酒识人心”的信条。生活在凉州这片土地上的人民，也像他们亲手酿造的美酒一样，率真、豪爽，要喝就喝个痛痛快快，要醉就醉个一塌糊涂。

在大家的眼里，猜拳豪放，喝酒干净、利落的男人，心胸开阔，为人正直，干事果断，关心他人，值得交友。

一场豪爽的猜拳喝酒，工友间的矛盾和误会都会烟消云散，人与人之间的友善、真诚依然真切。

当太阳从东方再次升起的时候，高禧和他的工友们又奋战在了施工现场。

高禧不仅爱学习、善钻研、能识图、肯吃苦、会干活，而且善解人意，善于解决工友们之间的矛盾纠纷，善于调动大家的劳动热情，善于团结和带领大家拧成一股绳，打赢一个又一个硬仗。他总是以骄人的业绩，回报工友们的信任和支持。

第六章

诚实守信赢市场

1984年是个伟大的年份。

1984年的特殊气质，在元旦刚过不久就散发了出来，邓小平决定去南方看看。

邓小平一生有过两次著名的南下，一次是1984年，一次是1992年。

邓小平两次南下，对中国经济的风向变动都起到了决定作用。

1984年，深圳现代科教仪器展销中心成立，这便是万科的前身；这年，三十五岁的张瑞敏担任了电器厂厂长，实现了“海尔中国造”的梦想；这年，柳传志告别每天读报的清闲生活，成就了联想集团……

在中国企业史上，很多知名企业均诞生在这一年。后来，人们将1984年称之为中国现代公司的元年。

也就是1984年，二十三岁的高禧，东拼西凑，攒了几千元钱，动员本村的20多名青年人走向建筑市场，俯下身子开始了真正意义上的创业生涯。

中国有句俗语：开锣的戏难唱，头三脚难踢。

高禧创业，一开始，就遇到了资金短缺、技术不过关、无活可干等重重困难。但这些困难并没有吓倒这位二十刚出头的小伙子，更没有动摇他干一番事业的信念。

资金缺乏，高禧起早贪黑，四处奔波，除到亲朋好友处苦口婆心地借钱外，还将家产做抵押贷了一笔款，白天当老板、晚上睡地板，省吃节用，以滚雪球的方式滚动发展。

没有技术人员，高禧还没有能力用丰厚的工资福利、优越的办公条件来吸引人才。技术人才缺乏，高禧除了在岗位上练、书本上学外，还有目的的选派人到别的工地上去"打工"学习。同时，高禧还善于在特殊的条件下，采取"不求所有，但求所用"的用才之道，慢慢地，高禧身边聚集了一批高素质的人才，成了他成就事业的支撑和保障。

没活可干，高禧就找那些施工条件艰苦的活儿干。不怕路途遥远，不怕别人的白眼，闻风而动找熟人，低三下四求情，凭着他以前干活给别人留下的良好印象，干别人不愿意干的苦活、累活、零碎活，赚别人看不上眼的小钱……

高禧清楚地记得，创业的前几年，每一天都是那么难过，每一步路都是那么难走……

每个人都渴望成功。

但是，成功总是垂青对事业执着、对生活充满希望的人。

高禧干事业，属于拼命的那种人。

这位凉州汉子，方方正正的脸盘棱角分明、英姿勃勃，显出倔强不屈的性格；谋略深藏于那双忠厚但不失睿智的大眼睛里；坚毅洋溢在嘴角，眉宇间飘逸出一股西部男子汉特有的骨气。他走起路来，总是大步流星的，让人能感觉到他果断、干脆、利落的干事风格。

高禧有句口头禅："咱们盖房子要上对得起国家，下对得起百姓，更要对得起自己的良心。"朴素的话语，道出了他干事创业、为人处世的原则。

多年来，他以自己的实际行动实践着这一人生诺言。

他深刻地明白一个道理，要保证工程的质量，就必须要从源头抓起，只有保证了建筑材料的质量，才能从根本上保证工程质量。

一天，他在施工现场检查工作，几辆四轮拖拉机正在卸黄沙，质检人员抓起一把沙子，放在手心拨拉磋磨，仔细观察后果断地说："这沙子含土量大，不合格，达不到工程质量标准，不能用。"

这时，突然从车上跳下一个壮实的汉子，瞪圆了"张飞眼"，装傻充愣地说："沙子本身就是从土里挖的，哪能不带土？就是带点土，跟水泥一掺和，也就那么回事，更何况我是质监站站长的小舅子。"

高禧一听这话，顿时火冒三丈，断喝一声："就是天王老子的小舅子，质量不过关，也一律不能进入施工现场。"汉子一看高禧不吃这一套，灰溜溜地开着四轮车跑了。

高禧对别人严格要求，对自己也丝毫不放松。

一次高禧修建一幢生产车间，干到封顶时，他发现有部分钢筋除锈不彻底，几块预制构件出现蜂窝，他马上责令拆除返工。

“这也不会出大的质量问题，补救一下，放过去吧。”施工队长有些为难。这一返工，延误工期不说，还会给建筑队带来不小的经济损失。

施工队长再三请求高禧放过这一马，但高禧硬是不同意，亲自动手拆除了不合格的预制构件。

高禧心里明白，质量是企业的立业之道、兴业之本。

他常常教导施工人员和工友们，人无信不立，业无信不兴。一个人没有信用就不能在社会上立足，一个企业如果没有诚信，就不会得到可持续的健康的发展。

多少年来，高禧始终坚持“咱们盖房子要上对得起国家，下对得起百姓，更要对得起自己的良心”这个朴素的信念，把诚信当作是自己和企业对社会应尽的责任和义务。

他认为，诚信要“内诚于心，外信于人”。企业领导的诚信意识直接影响着企业的诚信水平。诚信不是一句口号，要建造放心工程，光靠自己的热情还是不够的，必须要有一套科学的管理办法、监督机制和过硬的施工技术。他在总结经验的基础上，提出了“安全第一，用户至上”，“宁可少赚钱，甚至不赚钱，也决不盖亏心楼”的口号，制定出台了《优质工程奖励办法》等制度，并把这些规章制度及时运用于具体管理工作之中，为创建优质工程打下了基础。

也就是从那时起，高禧在心中树立起了一个坚定的信念：要在建筑行业长久干事，就要向全国建筑行业中的质量最高标准看齐，争创国家建筑优质工程。

第七章

施工现场显身手

高禧善学肯干，善于团结和带领大家拧成一股绳，打赢一个又一个硬仗，很快被升任为武威市高坝建筑工程公司副经理兼第九工程施工处处长。

甘肃省民勤糖厂的基础建设项目，是高禧承建的第一个大项目，糖厂办公楼、职工食堂和两幢职工住宅楼，建筑面积16000多平方米。

民勤，原名镇蕃，是武威市下辖县。地处河西走廊东北部，在石羊河流域下游，东西北三面被腾格里和巴丹吉林两大沙漠包围，总面积1.59万平方公里，是一个半封闭的内陆荒漠区，属温带大陆性干旱气候区，大陆性沙漠气候特征明显，冬冷夏热、降水稀少、昼夜温差大，年均降水量127.7毫米，年均蒸发量2623毫米，昼夜温差

15.5℃。

民勤糖厂基础建设项目施工工地，在民勤县城东郊2.5公里处。从腾格里沙漠和巴丹吉林沙漠深处吹来的风，就像热浪一般袭来，一浪热于一浪。

夏日，沙漠里热得就像火炉，最高温度可达42℃。烈日下，站在施工工地高高的脚手架上，常常使人觉得喘不过气来，几个小时就会缺水，嘴唇上就会爆起一层干皮。

民勤糖厂基建项目，工程建设的时间紧、任务重，质量要求高，为了确保在合同要求期内，保质保量地完成施工任务，高禧顶着酷暑，每天都坚守在施工现场，与工友们同吃、同住、同劳动。

568个日日夜夜，高禧和工友们一起奋战在民勤戈壁滩上，风餐露宿，以天当被，以地作床，没吃过一顿可口饭菜，没睡过一个安稳觉。有几个身体比较单薄的工友病倒在工地上，但看到老板与他们日夜坚守在施工一线，他们没有一个主动退下阵来，硬是挺住了。

一天，高禧和工程设计人员戴着安全帽，站在高高的脚手架上指挥施工。

突然，空中连续三声响雷，太阳还挂在空中，豆大的雨点便噼里啪啦地落了下来，砸在地上的浮土上，直冒烟儿。

高禧不躲不闪，施工现场的人们也不躲不闪。

高禧抬起头来，冲着一位正在脚手架上干活的中年人大声喊："师傅，赶快下来把衣服穿上，雨天光膀子干活，容易着凉。"

"不怕，庄稼人淋雨，就跟兔子滚山梁一样，是常有的事情。何况这样酷热的天气，下点雨凉爽，好呀。”那位师傅一边爽朗地笑答着高禧，一边不停地干活。

不到半个小时，雨停了。

一场大雨，地上湿漉漉的，久旱之后逢甘露，万物充满了生机，树叶更绿了，遍野的向日葵一片金黄，风儿吹来，凉爽了许多。雨后的天空中，挂起了一道彩虹，五颜六色甚是好看，高禧的心情真是好极了，就像雨后的天空一样晴朗、滋润、舒畅。

经过日日夜夜的鏖战，屡屡告捷，民勤糖厂基建项目主体工程，比施工合同规定的期限提前一周完成施工任务，顺利封顶了。

民勤糖厂基建投资规模大，工地上，有大大小小的十多家建筑施工企业在干活。自开工建设以来，高禧的施工队伍一路领先、独占鳌头，深得建设单位的好评和同行的赞许。

工友也从这个男人的身上看到了他的敬业精神、谋事智慧、干事胆识，从这个男人的身上看到了执着的事业心，同时也看到了他未来事业的希望和辉煌。

也正是这一点，一大批工友从创业伊始，就一直追随高禧，不论是在创业的艰苦日子里，还是在事业成长、企业发展的岁月里，他们始终如一、不离不弃地跟着他拼命。

第八章

愈挫愈勇真男儿

1989年春天，高禧只身来到了黑龙江省安达市。

富饶美丽的黑龙江省，地处祖国的东北边疆。她在祖国的版图上如同一只展翅腾飞的天鹅，形象地展现了她妖娆美丽的风姿。辽阔的地域，浩瀚的林海，密集的江河，肥沃的土地，富饶的资源，以及举世闻名的风景名胜，构成了一幅幅绚丽多彩的画卷……

高禧，这位生长于西北黄土高原的汉子，第一次来到白山黑水的东北，但是他顾不上去领略这美丽的风光，他看重的是东北欣欣向荣的工业，于是他便进工厂，走学校，寻师求教，学习生产技术，他想在家乡的土地上，创办一家工厂。

武威是一个传统的农业地区，工业经济起步晚、底子差、基础薄弱。改革开放前，除有几户老国有集体企业外，工业在全市国民生产总值中的比重很小，在三个产业中处于落后地位。20世纪八九十年代，在国家几次行政区域调整中，原属武威的金昌、景泰等县市被划出，金川公司等一些国有大中型工业企业和地方工业企业随之被划走，从此，国家大型企业在武威成为空白，武威的工业实力和规模大大下降，以农业经济为主的特征更加突出。

“要在武威办一个工业生产企业。”高禧怀揣着这个美好的梦想，他自费用半年时间，学习生产技术，考察生产机器设备，了解产品销售市场……这年夏秋交替的时候，高禧与三位好友合伙，带着技术、设备，回到了武威。

在20世纪80年代末期，武威兴办的民营加工生产性工业企业不多，地方领导都很重视，给予了大力的支持。很快，“武威市胱氨酸加工厂”在凉州区高坝镇点火生产了。

武威市胱氨酸加工厂规模并不大，只有20多名工人，但是为了办这个加工厂，高禧把这几年所有的积蓄都投入了进去，还向亲朋好友借了几十万元。

加工厂投入生产后，高禧吃住在厂里。

胱氨酸是一种含硫氨基酸，在蛋白质中有少量存在，多含于头发、猪毛等角蛋白中，用于医药、食品、化妆品等行业。胱氨酸的生产工艺需要水解段、一次中和段、一次脱色段、二次中和段、二次脱色段、三次中和段、精制段七道工序。产品生产工序多，技术要求高，为了确保产品质量，工人实行轮流倒班，高禧也不能离开生产车间。由于长时间的劳累，高禧吃饭时都能呼呼大睡。

一天凌晨3点，高禧正在给车间主任安排注意事项，“轰”的一声巨响，办公室的地皮都在颤抖，高禧一个箭步冲出办公室，跑到车间，看到产品精制蒸汽烘干设备爆炸，巨大的气流把车间房顶冲开了一个直径约1米长的洞，车间内一片狼藉，厂区内人影乱窜……

原来，在胱氨酸生产进入第七道工序精制段时，要用蒸馏水冲洗上段工序产品并离心甩干，送入烘干机，通入蒸汽烘干，才能包装，入库。产品烘干需要的温度高，烘干时间需要3个多小时，由于生产工人技术不过硬，对烘干温度控制不当，造成了这起爆炸事故。加工厂刚刚投入生产几个月，这一次的安全事故，造成了很大的经济损失，创办6个多月的武威市胱氨酸加工厂停产了。

高禧和三位好友的近200万元积蓄和几十万元的借款，随着这声爆炸全部“上天了”，值得庆幸的是，这次事故没有造成人员伤亡。这时，一些人说起了风凉话：这下高禧完蛋了，这辈子再也翻不了身了。

但是，这场事故并没有使高禧这位宁折不弯的西北汉子倒下去。他收拾了残局，在第二年春暖花开的季节，带着工友奋战在了建筑施工工地上。

苦战三年，到了1992年，高禧不仅偿还清了借款，而且还略有了一点积蓄。他总是忘不了，在每个困难的时候，都是亲友乡邻支持他。这年，他出资6万多元，从1公里外铺设管道，把人畜饮水引到了高坝村六组60多户300多人家的伙房里，解决了乡亲们长期以来吃水难的问题。

那场爆炸事故，不但没有挫败高禧创业办厂的信心，而且增长了他干事创业的勇气。1993年，原武威地委结合武威实际情况，提出了“大办工业，大办乡镇企业，大办个体私营企业”为主要内容的“三个大办”，探索以“乡乡点火，镇镇冒烟”形式发展武威工业经济。

借得东风好行船。

这年，高禧响应武威地委的号召，踏上了去山西学习办厂技术之路。三个月时间的学习，高禧熟悉了生产建筑材料宝丽板的技术，与朋友合伙，在武威办起了“广州中桥公司武威分公司宝丽板厂”。宝丽板厂投产后，运行了两年，因产品升级换代，技术人员短缺，被迫停产。

谈起这些事，高禧爽朗地笑笑说：“也许这辈子，我与建筑行业有缘。”先后两次兴办工业企业，两次都没能成功。高禧总结经验，扬长避短，再次将目光投向了建筑市场。

第二篇

兴业，践行一个执着的承诺

“上为政府分忧，下为下岗职工解难。”

“我是一名共产党员，我做了自己应该做的事情……”

“要向全国建筑行业中的最高质量最高标准看齐。”

第九章

志存高远创大业

1994年国有企业改革试行，1997年国有企业改革全面实施。其目的是，通过4年（从1997年到2000年）时间，裁减四分之一以上的国有企业职工以提高国有企业的效率。

随着国有企业改革的逐步深化，国有企业转换体制、调整经济结构、转变企业经营机制，实行“减员增效，下岗分流”等改革措施的落实，使得国有企业出现了一批下岗职工。为妥善解决国有企业下岗职工的再就业，全国各地都开展实施“国有企业下岗职工再就业工程”。

实施再就业工程是一个特殊的就业问题，是充分发挥政府、企业、劳动者和社会各方面的积极性，综合运用政策扶持和各种就业服务手段，实行企业安置、个人自谋职业和社会帮助安置相结合，努力帮助国有企业下岗职工、失业人员和社会富余人员实现就业和再就业的一项社会系统工程。

自1997年始，甘肃省为了解决下岗人员的生活和工作问题，实施再就业工程，全省各地州市积极响应，全力推进再就业工程的实施。1998年6月20日，在武威地区就业服务局的大力支持下，高禧顺势而谋，主动请缨创办劳动服务企业，成立了武威地区再就业建筑安装工程有限责任公司，一次性吸纳328名国有企业下岗职工，让他们实现了再就业。

《甘肃日报》记者王小平专程从省城兰州赶到武威，采访了高禧，并以《为了曾经的誓言》为题在《甘肃日报》报道了高禧的“再就业情节”。

“为什么要用‘再就业’命名自己的公司？”

高禧回答记者说：“没有党的好政策，就没有我的今天。现在国家进行国有企业改革，目的是让企业发展得更好、更快，出现企业职工下岗，我们能视而不见、见而不管吗？”

高禧告诉记者，公司的名字是经过再三斟酌的，有人建议叫“路通”，有人建议叫“恒达”，但高禧一锤定音，就叫“再就业”。

以“再就业”为公司命名，就是一种提醒，提醒自己上为政府分忧，下为下岗职工解愁。他曾发誓，要做大自己的企业，最大限度地安置下岗职工和社会剩余劳动力就业和再就业，回报社会。

“再就业”三个字就像鼓锤敲击着高禧的心，让他时时想起自己的责任，想起那些渴望工作，渴望就业的兄弟姐妹。

在招聘职工时，高禧发现有相当一部分下岗人员，因身体、年龄等多种原因无法适应建筑行业，徘徊在就业大门之外，他便毅然决定，在做精建安主业的同时，进一步拓展就业渠道，创办了建安宾馆、海龙酒楼、物业管理公司，吸纳安置86名下岗职工再就业。

为了使国有企业下岗职工在民营企业中找到主人翁的感觉，他尽量为每一位职工提供专业对口的工作岗位。对那些为企业做出重大贡献的员工，年终给予重奖，大张旗鼓地宣传他们的事迹，号召全体员工向先进学习，向先进看齐，增强下岗职工的荣誉感、成就感和归属感，让每位职工感受到再就业建设集团不仅为自己提供了就业岗位，而且提供了一个施展自己聪明才智的舞台。

一个伟大的时代，成就着千千万万个胸怀大志者的创业梦想。这些年来，高禧带着创业之初的梦想上路，靠特别能吃苦、讲信誉、高质量，赢得了父老乡亲的支持，赢得了客户的信赖，使他在激烈的建筑市场竞争中占有了一席之地，不仅把当地的许多贫困群众从贫困中拉了出来，实现了过上好日子的愿望，而且在当地带出了一批能工巧匠，他们凭借一技之长，开辟出了属于自己的一条致富之路。

高禧深知，这些年自己能取得成功，是赶上了国家改革开放，发展市场经济，各级政府全面支持创业的伟大时代。他紧紧抓住这个千载难逢的机遇，凭着作为创业者的自己对事业的执着追求，凭着作为年轻人的自己敢闯敢冒险的胆识，闯出了属于自己的一片小天地。

如今，高禧主动请缨创办劳动服务企业，“上为政府分忧，下为下岗职工解难”，积极吸纳安置国有企业下岗职工，不仅利国利民，而且也为企业发展开拓了广阔的空间。

1998年11月16日，时任武威地委副书记的曾继伟，武威地区行政公署常务副专员牛兆虎，主管工业经济的副专员李文卿深入武威地区建安公司调研，听取高禧的汇报后，在召开的武威地区支持民营企业座谈会上，对高禧的工作给予了充分的肯定，并大加赞赏地说："这个企业的发展，创造了武威民营企业发展史上的新水平，是一年两大步呀！高禧创办的企业是一家极具社会责任感的企业，高禧的创业精神、企业经营理念是值得在全武威民营企业中推广学习的。"

当时，《武威日报》、武威电视台、武威人民广播电台等新闻媒体，对高禧和他创办的企业进行了多次报道。1998年11月17日，《武威日报》在头版头条以《武威地区再就业建筑安装工程有限责任公司实力明显增强》为题报道称：

> 武威地区建筑安装有限公司，靠质量去占领市场，向管理要效益，凭信誉求发展，使公司实力明显增强，取得了良好社会效益和经济效益。去年该公司实现建筑安装工程产值1000余万元，向国家缴纳税金61.49万元，安置国有企业、集体企业下岗职工和社会闲散劳动力1000多人，共发放工资220万元。
>
> 11月16日，地委副书记夏之鸿、曾继伟，常务副专员牛兆虎，副专员李文卿深入到该企业调研后，召开全区民营企业家座谈会，要求全区民营企业发扬艰苦创业精神，努力做大做强企

业，切实履行社会责任，为全区经济社会发展做出贡献。

该公司是农民企业家高禧创建的一家以建筑施工为主营的民营企业，公司成立后，制定出台了20多项管理、考核、奖罚制度，形成了绩效挂钩、上不封顶、下不保底的分配制度，积极吸纳安置国有企业、集体企业下岗职工和社会闲散劳动力1000多人。

去年，该公司共建成交付使用的工程9项，其中7项工程创地、县（市）优良工程，2项工程创武威地区优质样板工程奔马奖。目前，该公司被晋升为我区唯一一家集公民建筑、公路工程、建筑装饰装潢、水利工程为一体的二级施工企业。

高禧和他的事业已经真正走上了阔步发展之路。

高禧能干，而且健谈。

谈起当初创业的艰辛和困难，高禧总是说："每个人只有尝试过创业路上的艰辛和困难，创业成功的时候才会感觉更有意义。"

"在创业过程中，不管遇到什么样的困难，都需要一个好的心态，要学会转变心态，把不好的变成好的，把没用的变成有用的；当别人为就业而烦心时，他脑子里想的却是自主创业，帮助更多的人就业。"

"解决心态问题，是干好事业的第一步。有干好事业的意识，就会适应环境，改变心态，相信自己。"

高禧思维敏捷，坦诚豁达，与他的谈话中，方能窥见其有着不屈的韧性和张力，有强硬的作风和执着。

高禧说，回望过去，一切都变得很平淡。但是对于这样一段踏踏实实走过的创业路程，他希望后辈能了解这段路是怎么走过来的，并懂得如何珍惜，将企业传承下去，造福社会。

2001年8月1日，武威人民欢欣鼓舞，伴随着西部大开发的脚步，武威撤地设市。地级武威市正式宣布成立，标志着武威的历史翻开了新的一页。

在这承前启后、继往开来的关键时期，武威市抢抓中国加入世贸组织、国家实施西部大开发、建设西陇海兰新线经济带和撤地设市等新的历史机遇，确定了“以城市发展为龙头，实施工业富市、科教兴市、开放活市三大战略，突出以节水为主的生态环境、基础设施建设和经济结构调整三个重点，把武威建成绿色食品、优质农副产品生产加工基地，丝绸之路商贸旅游重镇，功能齐全、辐射带动力强的区域中心城市”的经济社会发展总体思路，从此拉开了武威撤地设市后经济大发展的历史序幕。

“机遇总是垂青那些有准备的人。”17世纪法国著名思想家、数学家笛卡尔说过的这句话，在高禧的身上得以印证。

2001年12月6日，乘着抢抓国家实施西部大开发战略和武威撤地设市的东风，甘肃再就业建设集团正式成立了，高禧当选为集团董事长、总裁。

这天，天高云淡，艳阳高照。上午10时18分，武威市海藏路建安大厦前彩旗飘扬，主席台上高朋满座。时任武威市副市长焦天成、李文卿，市人大常委会副主任王俊英，市政协副主席柴尔俐为甘肃再就业建设集团揭牌剪彩。武威市委、市人大常委会、市政府、市政协及相关部门领导出席揭牌仪式，并表示祝贺。

焦天成副市长代表武威市委、市人大常委会、市政府、市政协向集团公司的成立表示祝贺。他说："就业和再就业是一项系统工程，全社会都要关心、支持。我市民营企业家高禧先生上为政府分忧、下为下岗职工解难，组建甘肃再就业建设集团，带头吸纳安置企业下岗职工和社会剩余劳动力，是企业家真情回报社会的具体行动，将对我市'再就业工程'起到积极的作用。希望全社会积极行动，全力推动再就业。也希望甘肃再就业建设集团进一步加强管理，提升效益，为全市经济发展，实施就业和再就业工程，推进城乡建设事业发展做出更大的贡献。"

在喜庆的乐曲声中，高禧满怀信心地健步走上主席台，发表了热情洋溢的讲话。他说："企业的发展得益于改革开放的好政策，成绩的取得离不开各级党委、政府和社会各界给予的大力支持，离不开全体员工同心协力和顽强拼搏。在此，我怀着无比崇敬的心情，向多年来，关心和支持企业发展的各级党委政府、各级领导和社会各界的朋友表示衷心的感谢。"

"甘肃再就业建设集团的组建，是抢抓国家实施西部大开发战略和武威撤地设市的机遇，顺应市场经济发展需求的重要举措。"

"路漫漫其修远兮，看未来任重而道远。我们将以此为新的起点，再接再厉，乘势而上，一如既往地坚持开拓进取，顽强拼搏的精神，进一步创新经营管理机制，发挥集团优势，拓展市场，努力在建设行业中再创佳绩。一如既往地发挥企业用工多的优势，最大限度地吸纳安置国有企业下岗职工和社会剩余劳动力，集武威天时地利之灵气，聚大众聪明才智之精华，广纳贤才，用我们的勤劳和智慧为地方经济发展做出应有的贡献。”

“我也衷心地希望各级领导、有关部门，一如既往地支持甘肃再就业建设集团的发展，衷心地希望社会各界的朋友们与我们携手共进、共创辉煌！”

揭牌仪式只有短短的40分钟时间，简朴不失热烈，市领导和高禧的讲话，赢得了围观群众多次热烈的掌声，人们为一个民营企业具有如此高度的社会责任感而鼓掌、喝彩、加油。

2001年12月7日，《武威日报》在头版刊发新闻：

组建大集团抗击大风浪

我市首家建设工程“航母”起航

本报讯 为适应市场经济发展需求，规范建筑业市场，我市首家建设集团——甘肃再就业建设集团于12月6日组建挂牌运营。

甘肃再就业建设集团由甘肃再就业建设（集团）有限公司、甘肃再就业建设（集团）房地产开发有限公司、甘肃再就业建设（集团）物业管理有限公司组成。该集团是由我市企业家高禧创办的，他于1982年开始创业，近20年来，他始终坚持“质量第一，信誉第一，发展自我，回报社会”的宗旨，累计实现建安产值1.7亿元，向国家上缴税金968万元。目前已经发展成为以工民建筑安装、道路桥梁施工为主营，房地产开发为依托，集物业管理、宾馆、酒楼等第三产业为一体的大型股份制企业，累计安置下岗职工和社会剩余劳动力1286名。集团公司的组建，标志着甘肃再就业建设集团的发展进入了一个新的历史阶段，将在市场竞争中发挥集团规模优势，为地方经济的发展做出更大的贡献。

高禧把积极吸纳安置企业下岗职工和社会剩余劳动力作为企业的责任，体现了企业家和企业高度的社会责任感，赢得了政府、社会各界、下岗职工的广泛好评，得到了新闻媒体的高度关注和广泛好评。《甘肃日报》、甘肃电视台、甘肃人民广播电台、《甘肃工人日报》《西部商报》《兰州晨报》《武威日报》、武威电视台、武威人民广播电台等纷纷采访高禧，并进行了广泛的宣传报道。

第十章

识才惜才善用才

如果说，高禧创业初期的成功，归功于年轻人特有的胆识、坚强、勇敢、悟性及胸怀，那么，今天企业的发展与兴旺，得益于他将中国传统文化融入企业管理之中，把善良、感恩、利众、责任心、使命感体现在企业文化中，体现在自己和企业员工核心价值观中。

高禧在家排行老二，属虎。的确，在猎物嬉戏，同时也危机四伏的市场经济旷野中，他常以迅雷不及掩耳之势捕获机遇，占据一个又一个制高点，这其中的胆魄、智慧、果断，颇具“虎”性。然而，在企业管理中，他又是一个理性的、善于用才的智者。

企业创立之初，企业本身对人才的吸引力尚未达到足够的水平和能力。在人才缺乏的情况下，高禧采取的“不求所有，但求所用”的用才之道，至今让社会称赞，被业界人士津津乐道，大加赞赏。

高禧成立公司的那年，恰好当地党委、政府把选派机关干部到民营企业帮助工作，作为“毫不动摇地鼓励、支持和引导个体私营等非公有制经济发展”的重要措施之一。从市直和县区科技、教育、文化、卫生等部门中，先后四次选派懂经济、会管理、综合素质高、协调能力强的干部152名，到全市民营企业帮助工作。

高禧再一次牢牢抓住这个机会。

当时选派干部到民营企业挂职一事，由武威市委组织部、统战部负责，高禧便三番五次地到这两个部门找领导，请求给他的企业派一名干部。

精诚所至，金石为开。

相关部门将一名熟悉民营企业，懂得企业管理的政府机关人员派往高禧的企业挂职，帮助开展工作。

高禧如获珍宝，派车把这名干部从原单位接来，在公司召开欢迎座谈会，欢迎他帮助公司工作。会上，他宣布任命这位干部为董事长助理，留在自己的身边开展工作。

当时，公司的办公用房并不宽裕，公司副总经理、部门经理都是两个人一间办公室。但高禧却一再叮嘱公司办公室，为这位挂职干部腾出了一间办公室，并配置了电脑、电话。

给位子、给名分、给权利、给福利，让这位干部心生暖意。

被人重视的感觉是幸福的。

第二天，这位干部就找高禧，请求开展工作。

“好呀！”高禧一脸真诚地说，“在挂职期满，离开企业之前，你必须帮助我们建立起一套完整的、适合企业的、可操作性强的企业管理制度。否则，我将在你的履职考核表上写上三个字：不称职。”

事情不多，一件。但是，任务不轻，工作量很大。最主要的是，完不成任务的处罚措施够狠：将在挂职干部履职考核表上写上不称职。可见高禧为人的直率和干事的果断。

高禧给挂职干部压担子、交任务，使这位干部深感责任重大。挂职干部清楚，高禧是个说到做到、达不到目的不罢休的人。如果完不成任务，挂职期满真落个“不称职”，其颜面何在？虽然在企业他享受着较好的待遇，但是，这待遇也是需要同等的付出的。如果高禧提出的这个近乎苛刻的条件达不到，他的挂职干部履职考核表上真的会被签上“不称职”三个字，按照组织部门选派干部的规定，他将不能按时回到原单位工作，是要影响到他今后的仕途的呀。

“这招真狠！”挂职干部苦笑着摇摇头。

强压之下，必有勇夫。

这名挂职干部一门心思地把精力投入到高禧交办的事情上，加班加点。

一个又一个夜晚，挂职干部办公室的那盏灯总是亮着。为了使制定出台的制度适合企业管理要求，为了不耽误项目部工作，炎热的夏天，他总是深入施工现场，征求大家的意见……

在企业挂职的两年，这位干部编制完成企业质量管理体系、施工安全管理体系、企业内部业绩考核体系等一整套的企业管理制度，并在企业内试行了6个月，经过广泛征求企业内部管理人员和员工的意见后，结合企业实际进行了修改完善，编辑成册，出版了10多万字的《创业之路》，形成高禧企业文化的雏形，企业顺利通过ISO9001：2008、ISO14001：2004、GB/T28001-2011“三标一体”国际标准管理体系认证，为企业的科学管理和长远发展打下了基础。

“我很喜欢这里干事创业的环境和氛围，在这里能够潜心干事，还有一批志同道合的同事和朋友，可以一起讨论工作，解决实际问题，我觉得自己的能量得到充分释放，人生很充实。”这名挂职干部在挂职期满，离开高禧和他的企业时真诚地说。

两年间，这名干部与高禧、与企业建立了深厚的感情，在今后的岁月里，他还一直关注着、关心着、支持着高禧和他的企业的发展。

“创业难，守业更难，知难不难。”高禧说，企业的发展就是一个不断超越自我的过程。企业管理者，最主要的是去发现问题、解决好问题。解决问题的办法有多种，一种办法是自己出手，凡事躬亲，这个有很大的局限性。另一种办法是，识才、惜才、善于用才，充分调动大家的积极性，发挥大家的聪明才智，共同解决问题。

高禧善于用第二种办法解决问题，他称之为：借梯登高、借船出海。

第十一章

以律修身廉生威

每年的八九月份，是西部地区建筑企业施工的黄金季节。

武威属典型的大陆性气候，年平均气温7.8℃，无霜期85—165天。如果不抓住每年八九月份施工的黄金季节，很多项目就无法按照合同约定时间完成施工任务。为了确保按期、优质、安全完成施工任务，每年八九月份高禧的身影总是出现在每个施工的现场，解决问题、协调关系、保障供应……他的心中时刻装着施工的进度、工程的质量、员工的安全、企业的发展。

这年的中秋节，他破例了。

8月14日下午，在高禧的主持下，公司举办了员工中秋团拜会。8月15日中午，他自己掏钱，在酒店预定了几桌饭菜，把在公司工作的所有亲戚，包括自己的妻子、亲家、兄妹、舅子、儿女全部请到了酒店。

大家如数到位后，看着丰盛的酒席，不知高禧为何请客。

人们正在猜测和纳闷，高禧站起来发话了：“今天是传统的中秋节，每逢佳节倍思亲。虽然我们在一起干事，但是由于诸多原因，我们见多聚少。首先，我给各位亲戚和亲人们鞠躬，深表歉意。对多年来，大家在我干事创业中给予的无私支持表示真诚的感谢。”

“今天，我把大家请来，一是过节团聚，二是向大家讨教。企业发展到今天实在不容易，大家说我应该怎么管理好企业？”

全场鸦雀无声。

“为了管理好企业，让企业健康持续地发展，我们制定出台了许多制度，但是落实得不好，有令不行，令行不禁，这是管理上的大忌。大家说，我该怎么办？”

“要严格落实制度，奖要奖得心花怒放，罚要罚得胆战心惊。”众口一词。

高禧一听，喜从心生。他等的就是这句话！

但是，他没有立即表态，显得很为难地说：“别的员工好说，可大家都是我的亲戚、亲人。佛说，前世的五百次回眸，才能换取今生的一次擦肩而过。在茫茫人海中，我们能成为亲戚、亲人，这是前世修来的缘分，我很珍惜这个缘分呀。”

“是亲戚，就要给亲戚脸上添彩，不能给亲戚脸上抹黑。给亲戚脸上抹黑，还算什么亲戚？”大家议论纷纷。

高禧接过话茬大声说：“大家给我出的这个主意好。在家里，大家都是我的亲戚、亲人，可以自由自在，无拘无束。但是，在公司的工作中，大家就是同仁，必须遵守公司的规章制度，制度面前要一视同仁、人人平等。是我的亲戚、亲人，就要模范地遵守规章制度，在落实公司制度上，要比其他员工更加严格要求自己。如果我的亲戚、亲人违反公司制度，处罚要按照制度规定的最严标准执行。”

高禧坦诚地与亲戚们交流，虽然语气平和，但是句句掷地有声，条条触及亲戚、亲人们的神经。

“高禧要从亲戚的身上入手，开始整顿公司纪律和作风了。”消息很快在公司里传开了。也有人认为，说归说，干归干，毕竟是亲戚、亲人吗，真正遇到问题，他能怎么着？

高禧有一个亲戚在公司机关上班，一次脱岗，公司部门经理找他，他说在银行为公司办事，实际上他在自己家里喝酒，醉酒之后，误了公司的事情。

部门经理按照规定对其进行了处理，这位亲戚恼羞成怒，威胁部门经理说：“你竟然敢在太岁头上动土。”

“人家是老板的亲戚，还是不要惹祸、捅马蜂窝了，为自己留条后路。”这时，也有人善意地劝这位部门经理。

当时，弄得这位部门经理心里也直犯嘀咕，不知如何是好。

高禧得知这件事情后，责成分管副总经理，将事情调查清楚后，严格按照制度办事，该处理的处理，该罚款的罚款。高禧还明确要求，这位亲戚必须在职工大会上，向全体职工做出深刻的书面检讨，按照制度，自己提出处理自己的意见。

最终，这位亲戚按照制度罚了款，做了检讨，待岗三个月，接受广大员工监督，以观后效。

高禧清楚，“有威则可畏，有信则乐从，凡欲服人者，必兼具威信”的道理。一个企业管理者，如果管不好自己的亲戚，就会影响企业制度的落实，就会影响企业的执行力。在企业内，何谈“威信”二字？

大家都知道，没有威信的企业管理者，很难真正服人心，也不能起到“言传身教，身先示范”的作用，更不可能在企业中起到领军作用。

古语说：“上好礼，则民莫敢不敬；上好义，则民莫敢不服；上好信，则民莫敢不用。”高禧始终认为，威信，是指企业管理者的威望和信誉，是开展工作必备的一种内在力量。

威信作为一种非权力性影响力，被人们视为“无言的号召，无声的命令”，只有树立了较高的威信，才能提升说服力、凝聚力和号召力，从而顺利地履行领导职责。

企业管理者要修身正己，靠公正树威信、以廉洁升威信、凭实干提威信，以自己的行为作为下属的榜样。要求别人做到的，自己首先做到，禁止别人做的，自己首先不做，时时事事率先垂范，以身作则，用自己的一言一行来感化和带动下属完成预定的工作目标。

“老板还来真的哩。”

在公司上班的员工中，高禧的亲戚、亲人不少。有些人，就是冲着是老板的亲戚来公司的，就是想在某些方面受到特别的关照，在某些地方占点公司的便宜。通过处罚亲戚这件事情，让其他亲戚打消了侥幸心理。

员工们一看，老板在制度面前，人人平等对待，也都自觉遵守企业的各项制度。

也有人说，高禧对亲戚的这件事情处理得有些刻薄和严厉，有些过分和冷酷，太无情了。

但是，高禧十分清楚，作为一个企业负责人，要保持清醒的头脑，视企业的利益为上，视员工的利益为上。如果企业负责人的心中完全被私欲占领，他的企业就走到了尽头。

第十二章

兴企路上党旗红

经过多年的努力，高禧不仅实现了自己过上好日子的愿望，还带领一大批乡亲走上了致富之路。

为了实现带领更多的乡亲致富的这个美梦，高禧饱尝了创业的艰难和苦涩，付出了饱蘸心血的拼搏和挣扎，经受了失败和挫折，经历了成功的兴奋与喜悦。

国人讲究“饮水思源”，高禧认同“致富思源”。

致富的“源”在哪？

“溯源思富，富非天赐，富非神赋。”高禧明白，今天自己的成就，靠的是党的改革开放政策，靠的是党和政府的正确领导和大力支持。他感恩伟大的党，感恩伟大的时代，给予了他干事创业的良好环境和机遇。

从“穷则思变”到“致富思源”，是高禧思想认识上的质变，也是高禧萌生更高层次上的追求的开始。

“我志愿加入中国共产党，拥护党的纲领，遵守党的章程，履行党员义务，执行党的决定，严守党的纪律，保守党的秘密，对党忠诚，积极工作，为共产主义奋斗终生，随时准备为党和人民牺牲一切，永不叛党。”1985年7月1日，高禧面对鲜红的党旗，赤诚随拳头举起，向党宣誓。这些年，他时时刻刻以一名共产党员的标准严格要求自己，关爱员工，奉献社会。同时，他边劳动工作，边学习文化知识，经过不断的奋发努力，凭坚强的毅力完成了大学学业，参加了中央党校研究生学习。他坚持理论与实践相结合，出色地完成了一个又一个项目建设任务，先后在《天马论坛》《武威日报》等理论刊物、报纸上撰写刊发了《谈谈建筑企业的创新》《如何以事业留住人》等论文，并考取了国家注册一级建造师、高级经济师、高级工程师职称资格，取得了工商管理硕士（MBA）学位，成为一名有文化的劳动者。

与此同时，他在中共武威市委机关工委的关心和支持下，成立了企业党支部。他把党小组建立在项目部，让党支部的战斗堡垒作用和广大党员的先锋模范作用在施工一线得到充分发挥，为推动企业的健康快速发展起到了巨大的作用。

2001年，在地方政府的倡导和社会各界的大力支持下，经多方筹集资金，决定重修南城门楼，新建武威南城门广场，迎接甘肃武威首届天马国际文化旅游节暨经贸洽谈会的隆重召开。高禧临危受命，承担起了武威南城门广场和雷台汉文化园区两项工程的建设任务。

武威南城门又叫昭武门，位于武威城区南关什字。始建于隋朝，明代重修，原城楼为重檐歇山顶式建筑，造型古朴雄伟。据说，每当天气晴朗无风的时候，夜晚登上城楼，可以清晰地听到如细雨在瓦上淋漓的声音，故有“夜雨打瓦”之称，是古凉州八景之一。后来历经战乱，几经毁坏，只剩两座高约10米的土台。

时间紧，任务重，资金缺……为了确保不误工期，身为集团公司党支部书记的高禧，把办公室搬到了南城门广场施工现场的帐篷里，干在工地、吃在工地、住在工地。

“哪里有困难，哪里就有共产党员。”“流汗流血不流泪，掉皮掉肉不掉队。”“党员身份亮出来，先锋形象树起来。”这些充满激情与豪情的横幅标语，挂在施工现场；共产党员先锋队的旗帜，在工地上高高飘扬；昼夜鏖战的施工现场，到处都有共产党员的身影。

“在那段时间，连续昼夜不停地苦战，人站着就能睡着。”党员王建中回忆起建设南城门广场的情景时，无不感慨地说。

一个党员一面旗。

广大党员亮身份、树形象、做表率，时时刻刻吃苦在前，提高了党员和党组织的威望和威信，增强了企业党组织的吸引力、凝聚力和向心力，使员工们真正体会到了“党员就是不一样”。党组织凝聚了大家的力量，党员用实际行动，影响和带动着全体参战的施工人员，100多个日日夜夜，高禧和员工们一起奋战在施工现场，没睡过一个安稳觉，没有一个党员喊过苦、喊过累，没有一名员工主动退出施工现场……

最终，比市委、市政府规定的竣工时间提前16天完成了南城门广场施工任务，为成功举办甘肃武威首届天马国际文化旅游节暨经贸洽谈会献上了一份厚礼。

新建的南城门楼广场气派大方。城门楼、图腾柱、凉州八景、太平鼎、泮池、金水桥、月台等组成的南城门广场，占地面积4万多平方米，开阔、美观、大气，成为武威市标志性建筑，成为城市的景点和市民、游客休闲健身的重要场所之一。

南城门广场项目在施工建设过程中，高禧真切地感受了企业组建党组织的好处，他主动与市总工会、市妇联联系，成立了甘肃再就业建设集团工会、妇联，并充分发挥企业党支部、工会、妇联组织的作用，定期组织职工开展岗位做贡献和岗位练兵、岗位比武、职工文体娱乐等活动，通过多种形式调动广大职工的积极性，倾听广大职工的心声，有效地及时解决职工反映的问题，凝聚了人心，推动了企业的健康快速发展。

兴企路上党旗红。党员在企业发展中有作为，也有地位。

这些年，甘肃再就业建设集团通过加强党支部自身建设和卓有成效地开展党建工作，支部真正成为企业战斗堡垒，党员的先锋模范作用得到充分发挥。广大党员时时为企业着想，敢挑重担，最讲贡献，“难险重”任务冲在前面。目前，机关党支部共有共产党员16位，其中11位担任企业高中层领导，5位是企业技术骨干。

“你们是甘肃再就业建设集团的中流砥柱，感谢你们对企业发展做出的突出贡献。目前，企业的发展继续需要你们的帮助。坦诚谏言，可见君子坦荡之心；真情流露，方显男儿本色。诚邀大家与我在情感上共鸣、精神上共振、思想上共享、事业上共进！”

“希望大家挤出时间，本着为企业负责、为自己负责的态度，认真思考，集思广益，发挥自己的聪明才智，凝聚大家的力量，共同促进企业的改革与发展。”

“对你们的谏言我将认真采纳，对你们的诤言我将洗耳恭听，对你们的真言我将妥善处理。”这是高禧征求党员和员工对企业管理、发展意见建议时的开场白。

每到年末岁首，企业放假，员工回家过春节之前，高禧都要征求党员和广大员工的意见建议，以此来总结经验，寻找不足，取长补短，集思广益，谋划企业发展大计。

崇高的理想，支撑着坚定的信念；美好的追求，支配着共同的言行。

这些年，高禧征求到党员和员工的合理化意见建议数百条，他都归类剖析问题症结，并采纳运用到企业的经营管理之中。

“要按照有关规定，合理增长员工工资。”

“要切实关心员工生活，坚持开展关爱职工、送温暖活动。”

……

根据党员和员工提出的合理化意见建议，高禧在企业内部实行了“基础工资保生活，绩效工资谋致富”的分配方式，在按工龄逐年增长职工工资的基础上，比贡献提升绩效工资，使企业员工工资每年以12%增长。逢年过节他都要为职工发放大米、香油等福利品；对家庭生活困难的职工，他还亲自到家中调查了解，及时给予救助；为职工办理社会养老保险金等，使大家感受到企业这个“大家庭”的温暖，使企业职工的稳定率达到了99%。

第十三章

心中有爱情亦真

一个人、一个企业的成功靠什么？不同的人有不同的经历，不同的企业有不同的模式。

“占天时，得地利，享人和，缺一不可。”高禧说，一个人之所以成功，是其内部因素与外部因素共同作用的结果。能力与性格是内部因素，政策、机遇是外部因素。

创业路上，高禧是幸运的。他抓住了一次又一次国家改革开放的政策机遇，抓住了一次又一次的地方政府支持全民创业、支持非公经济发展的政策机遇，这是他成功的外因，也是成功的关键性因素。

改革，为高禧实现人生的梦想插上了一双有力的翅膀；良好的机遇，为他提供了最佳的社会氛围。但是高禧的敬业精神更值得肯定和称颂。不可否认的是，他诚实守信、敢想敢干、乐于吃苦、善于学习、善于用才和良好的人际关系，是他成功的内因，是他成功的决定性因素。

人，除了物质上的需求，还要有精神和情感上的需求。精神需要空间，情感需要投入。

居移气，养移体。薪水可以改变人的体质、地位和环境，可以改变人的气质。没有精神的空间，人的心首先被挤压，心被窒息到只剩那一具肉体。

高禧时刻在自省，在不断彻悟人生的哲理、企业管理的真谛。他认为，在企业管理中，有一种非常重要的关系，它可以为企业的可持续发展保驾护航。这种关系，就是企业与员工的关系。

企业总想让员工多付出、多创造价值，员工则希望企业多发薪水。其实，这一点都不矛盾。当企业发展得越好，员工的待遇就会越好；员工付出得越多、创造的价值越大，企业给他们的回报也就越大。

他不是政治家，但他深知“企业兴旺，必先安人”这个道理；他不是哲学家，但他深深懂得“情感投资”这个哲理。

高禧常常说，企业是大家的，每一步发展都需要大家的辛勤劳动和不懈努力。

刚步入社会时，他把与自己一同干事者称之为伙伴；创业之初，他把同事称之为工友；企业健康发展之时，他没有把企业的员工称之为员工，而称之为同仁。高禧始终把自己视为企业的“公仆”、员工的“公仆”，社会的“公仆”。他对在自己的生命过往中的每一个人都心存感恩。他说，是这些善良、诚实的同仁流汗吃苦，成就了大家的事业，自己没有理由喝三吆四、趾高气扬。

能够经常保持这种自省的定力，是一个人自信而高度清醒的体现。

自省不仅需要勇气，同时还需要冷静。因为只有当你冷静地面对你自己的时候，自省才有意义，才能形成定力。

高禧的这种清醒，与凉州地域文化、家庭背景、父辈的言传身教息息相关，善的意识渗透到了他的骨髓。

我国是一个幅员辽阔、民族众多的国家，不同的地域塑造了不同的地域文化。善、孝、信是凉州文化的重要组成部分。受凉州文化的熏陶，高禧和其他近百万凉州人一样，为人处世都折射着凉州文化善、孝、信的影子。

“言必行，行必果”，堂堂男儿，说话算数，这一直是高禧的处世准则。虽然不敢说“一诺千金”，但高禧自信自己没有什么言过其实、背信弃义的记录。不论是企业困难时期，还是企业健康发展时期，他从来没有克扣过一个人的工钱。他总是与员工换位思考，他常说，大家出门挣钱不容易，辛辛苦苦劳动得到的报酬就应该一分不少地发给大家，也许他的家里正等着用钱呢。也正是这一点，从创业伊始到现在，高禧身边一直有一批人死心塌地地跟着他拼命地干。十年、二十年、三十年的老员工和一家两代几个人在公司上班的比比皆是。

在现实生活中，有些人认为，民营企业老板就知道自己发财。但在高禧的身上，你会发现截然不同的东西，他在创业路上，对“人”有一个深刻的感悟。

他说，人字两笔写，人生笔中有，智慧有中修。一笔写顺境，一笔写逆境。逆境是人生的熔炉，可以锻造人的意志，成就人生的未来。一笔写付出，一笔写收获。付出才有收获，失去的东西不一定不美丽。一笔写朋友，一笔写对手。朋友给予温暖，对手才是自己走向成功的陪练。一笔写前半生，一笔写后半生。前半生枝繁叶茂，后半生才能收获成果。

高禧十分重视友情、亲情，他对生命过往中的每个人心存感恩。

1998年10月，临时工宋玉山在工地上患了急性胃病，高禧得知后立即派车派人，将其送进医院及时治疗，病情好转后，公司报销了宋玉山的全部医药费，还给予了2000元的资助，嘱咐他安心回家休养，等身体恢复后，再来公司上班。至今，宋玉山提起这件事情还感激地热泪盈眶。

一位家庭情况不好的职工，妻子患病，住院急需治疗。高禧明白，“一分钱难倒英雄汉”的道理，在人需要帮助的关键时候，不需要什么条件。他自己带头拿出5000元给予帮助，倡议大家献出一份爱心，尽一份力量，伸出援助之手，用爱心托起生命的希望，帮助这位员工渡过难关。公司机关人员带头，积极踊跃为这位职工捐款。100元、200元……这些不仅仅是简单的数字，它代表了公司每一名员工的真诚爱心。短短几个小时，公司员工共捐款2万多元，使这位职工的妻子得到及时治疗，很快恢复了。事情已经过去多年了，这位员工感慨地说：“没有高总的帮助、没有公司这个靠山，我的妻子的命就保不住，我的家早就散了。”

公司工会原主席患病去世了，高禧远在美国学习，不能及时赶回武威为其奔丧，安排后事。他就一再嘱咐公司总经理代表他，帮助其家人，公司出钱、出车、出人，全力办理好丧事。高禧回到单位，已经临近春节，他前去慰问工会原主席的家属，看到家里有老有少，中专刚毕业的女儿赋闲在家，高禧就及时安排其女儿到公司上班。在他的提议下，公司召开会议决定，对工会原主席的家庭一年发放补助金5000元，连续补助5年。

2016年春天，高禧从手机微信上获悉，公司小车司机沈大喜年仅九岁的女儿患急性淋巴细胞白血病，只有做骨髓移植手术才能挽救孩子的性命。但是60多万元的医疗费用难住了沈大喜一家人。高禧带头捐款并向集团公司全体同仁发出倡议，大家纷纷伸出援助之手，慷慨捐款，使沈大喜的女儿得到了及时救治。

有一个项目部的技术人员，项目开工以来，因工期紧、任务重，一心扑到工作上，早已拟定的婚期一拖再拖。由于这位技术员和未婚妻的家都在外地，他们决定不举行婚礼仪式了，请同事们吃顿饭，祝贺一下就行了。

高禧得知后，一定要为他们操办这场特殊的婚礼，虽然不一定要办得多气派，但一定要热烈。从婚宴地点的选择，到婚庆现场的布置、婚宴菜品的安排，高禧都做了周到细致的安排，婚礼上高禧还代表来宾讲话，祝愿他们生活幸福，日子和和美美，鼓励他们把孝心献给父母，把爱心献给社会，把忠心献给企业，把信心留给自己，努力工作，争做社会认可、同事尊敬的人。并为新人送上了一份不薄的礼物，把公司全体员工的真诚祝福送到一对新人的身边。

这场隆重的婚礼，不仅见证了两位新人的爱情故事，更体现了高禧关爱职工、关心职工成长，为职工分忧解难的温暖情意。

走近高禧，你会真切地感受到“回报社会”不是一句好听的口号，而是看得见、感受得到的真真切切的行动。他不仅有超人的远见、非凡的胆识、灵活应变的睿智，更拥有一颗善良真诚的平常心。他身边的人时时刻刻被他感染着，感动着……

1996年家乡要修一条乡村道路；

1997年家乡要修建学校；

1998年家乡的乡亲们需要户户通自来水；

1999年我国长江流域遭暴雨、洪水袭击；

2000年当地报纸报道古浪县定宁乡肖光村农民潘福，因天灾人祸造成一家三兄弟一死两瘫；

2001年武威市要修建南城门楼；

2002年武威市要治理护城河；

2004年武威市凉州医院成立特困患者紧急医疗救助基金会；

2008年甘肃省甘南、四川省汶川地震；

2009年民勤县一中需要社会力量捐资助学，民勤县要建文化馆；

……

遇到这些事情，高禧总是毫不含糊地慷慨解囊，捐钱捐物，这些捐献累计达800多万元。

提起高禧关爱职工、奉献社会的事情，实在是太多太多了。和再就业人交谈中，他们都表达了对高禧发自内心的感激，表达了对高禧真诚的尊重和深深的敬爱。

第十四章

汗水责任铸荣誉

2001年4月的金城兰州，阳光明媚，花红柳绿。26日下午，甘肃省庆祝五一劳动节暨全国五一劳动奖章、五一劳动奖状获得者表彰大会在省政府礼堂隆重举行。省城1000多名职工代表隆重集会，庆祝五一国际劳动节。

时任甘肃省委副书记李虎林，省委常委、副省长郭琨，省人大常委会副主任杨作林，省政协副主席杨镇刚等省级领导出席庆祝大会。

当高禧和来自全省不同行业的14位劳动模范怀着无比激动的心情，在雄壮的《咱们工人有力量》的军乐声中，走上主席台，省级领导亲手将那金光闪闪的五一劳动奖章挂在他们的胸前时，全场顿时响起了经久不息的掌声，向获奖者表示崇高的敬意。

高禧参加完表彰大会，当天下午6时，赶到了家乡武威。武威市委、市政府举行了欢迎座谈会，少先队员为他献花，企业员工夹道欢迎劳动模范载誉归来。

《甘肃日报》以《艰苦创业多奉献》为题，《甘肃工人日报》以《田园里走出来的企业家》为题，《兰州晨报》以《汗水铸就的荣誉》为题，《武威日报》以《闯出一片新天地》为题，全面报道了高禧的事迹……甘肃电视台、甘肃人民广播电台、武威电视台进行专题采访，连日来，高禧艰苦创业、回报社会的事迹在新闻媒体上频繁报道。

“我是一名共产党员，我做了自己应该做的事情，但是组织给了我这么大的荣誉，使我深感责任重大。我将不懈努力，办好企业，为国家多缴税，为社会多做贡献。”面对荣誉、鲜花、掌声，高禧却显得十分清醒和淡定。

高禧在接受甘肃电视台《今晚新时空》记者采访时，他是这样诠释自己对人生、事业、家庭的看法的。

主持人 俗话说创业难，守业更难，目前您的企业发展到了什么阶段？

高禧 “为创建享誉神州的一流建安企业孜孜以求”这是我们再就业集团公司的企业使命。

使命是企业存在的最大理由，也是企业持续发展的原动力。我们不但要追求物质的东西，还要给自己一个崇高的理由。

为实现创建享誉神州的一流建安企业这个伟大的使命，我们孜孜以求，不论企业发展到哪个阶段，不论何种机制，不论何人领导，企业对使命的追求永不改变，要活出本我以外的价值，享受超凡的生命意义，为使命而工作，为使命而奋斗。

只有强烈的使命感才能赢得社会的信任，赢得同仁的支持，才能使自己的心境崇高起来，才能放大胸怀，包容理解一切。为了不辱使命，不仅要胸怀大志，更要脚踏实地，把握生命的每一天，高标准、严要求地做好每一项工作，持续改进自己的工作行为，把每件事情做到极致。

经过这些年的不懈努力，甘肃再就业建设集团形成了以建安为主业，集房地产开发、宾馆酒楼、物业管理于一体的集团企业。可以说，我们建设集团目前已经完成了原始资本的积累，现在已经进入了第二次创业的阶段。

主持人 多年的创业中，您感到最欣慰的是什么？最内疚的是什么？

高禧 谈到多年的创业，酸甜苦辣涌上心来。多年的创业是一条充满艰辛的路，创业之初资金的短缺，创业之中的风风雨雨，往事历历在目。

现在我感到最欣慰的是多年的拼搏，圆了我一个甜甜的梦想，当年和我一同创业的同事都摆脱了贫穷落后，实现了致富，而且带领一大批乡亲们走上了致富之路。我们的企业也从小到大、从弱到强。在积极向国家上缴税金、向社会公益事业捐款捐物，回报社会的同时，每年能吸纳安置社会剩余劳动力1000多名，为社会做出了应有的贡献。

“担当、务实、创新、感恩、仁爱、利众”是再就业建设集团的企业核心价值观，这是企业对“什么事是最有价值、最重要的”的看法和观念。担当是一种态度，只有勇于担当重任，才有可能走向成功；务实是一种行动，言而有信，说到做到，一切工作讲方法、重效果；创新是一种能力，与时俱进是企业生存和发展的灵魂；感恩是一种处世哲学，也是生活中的大智慧，是积极的人生观；仁爱是一种情感，宽仁慈爱、爱护关心每一位与自己有过往的生命；利众是一种品德，一个人的品德决定他能走多远，利众者伟业必成。

当然一个人，不论干什么都会有得有失，多年的创业中，我感到最内疚的就是没有尽到一个好儿子的责任，我的母亲已经八十多岁了，父亲去世早，我们常年在外，因忙于事业，在家陪老人家的时间很少，使我心里常感到不安。

主持人 依您的话说，甘肃再就业建设集团目前已到了第二次创业时期，那么对市场新的变化，您的第二次创业将会朝哪个方向发展？

高禧 经济的全球化，经营的市场化，竞争的激烈化，给企业的发展带来了机遇，也带来了挑战。企业的日益强大，不能再依赖于一个人，而是要打造一个有着共同梦想、共同目标的团队。我们结合企业的实际，已经确定了企业发展远景规划。目前，企业已经步入了科学化管理的轨道，发展的势头很好，我对再就业建设集团的前景充满了信心。

主持人 思路就是出路，建设集团今后发展的目标已经明确，您将分几步走实现这个目标？

高禧 我们制订了企业发展的长期规划和短期规划，已经在股东大会上经全体股东通过，我们将立足甘肃，走向全国，放眼世界，稳中求进，分步骤实施。

主持人 实现这个目标，今后您认为将会遇到哪些问题？面对这些问题您怕不怕？您怎么去应对和解决这些问题？

高禧 实现上述的这些目标，我看会遇到的最大的问题应该是人才的问题。当一个企业发展到一定的时候，需要大量的人才来支撑。市场的竞争归根到底还是人才的竞争，但是，这也没有什么可怕的，我们已经形成了拥有300多人的人才队伍，更主要的是我们已经探索和完善了合理的薪酬制度和科学的股权激励机制，在用人上不论资排辈，实行能者上、庸者让、劣者撤的用人机制，创造了让事业留住人，让真情温暖人的用人环境。

“给利益、给空间、给尊严。”这是我们再就业建设集团的用人理念，也是企业在引进人、培养人和任用人等方面所持的观点和态度。“三给”用人的原则，明确告诉想来再就业工作的人才，到企业来，企业给你给生活的条件，给发展的空间，给工作、学习晋升的机会，赛马不相马，人人是人才，擂台上展个性、舞台上显共性，不断激活人的内在活力与激情。

主持人 谈到吸引人才、培养人才、留住人才的问题，您有什么好的办法？

高禧　在吸引人方面，主要依靠成果导向的薪酬原则、一流的学习成长环境、无限大的发展远景、公平公正公开的晋升空间、优秀的企业文化氛围、成熟先进的管理系统、领导人的人格魅力、配股增股的激励计划和给予相对应的掌控权力等方面，我们将不遗余力地坚守与推行。

在选人的流程上，要坚信只有选对人，才能做对事的观念。在用人方面，明确主张用积极正面带动的人，强调多用理念引导成长，用其特点发扬长处，用授权的方式磨砺进步，用接班人计划使企业人才辈出。

在育人方面，以“造物先造人，造人先造己”为指导思想，结合每位同仁的个人特点，帮助其规划个人职业生涯，并进行个性、持续的培育。

栽下梧桐树，就有凤凰栖。我们珍爱在企业工作过的每一个同仁，视之为企业最宝贵的资产。我们以企业生生不息的文化给所有的同仁创造一种快乐美好的感觉，满足其精神上的深层需要，热忱欢迎有志之士来这里施展才华，同创伟业。

第十五章

雄心一片在西凉

“我是一名共产党员，我做了自己应该做的事情，但是组织给了我这么大的荣誉，使我深感责任重大。我将不懈努力，办好企业，为国家多缴税，为社会多做贡献。”高禧荣获“全国五一劳动奖章”，在接受众多媒体采访时，说得最多的就是这些话。

他把荣誉视为责任，把媒体采访所说的话视为承诺，在今后的岁月里，以行动履行责任、践行承诺。

“办好企业。”当这简简单单的一句话、四个字，变成掷地有声的诺言，并付诸行动时，需要一步一步地去艰难跋涉。

“办好企业。”这个信念和渴望，填满了高禧人生的每一格空白。

当一个普通的灵魂充满实现诺言的渴望时，就会变得澎湃起来，变得不顾一切，变得“十头牛都拉不动”。

人的心胸有多大，事业就有多大。

高禧的办公桌上，一直放着一个地球仪，办公室的正面墙壁上挂着两幅地图——世界地图、中国地图。每当企业在发展决策的关键时刻，他都会轻轻地转动办公桌上的那个地球仪，思绪也会随着转动的地球仪，飞速转动……

他善于把握每一个机遇，善于在激烈的市场竞争中，顺势而谋，宠辱不惊，温柔敦厚，遇事从容而淡定。

于丹说，从容、淡定来源于内心的强大。从容是一种修炼，一种情怀，一种精神境界；淡定是一种生活态度，一种开阔的心胸。

高禧是一个极富有远见和社会责任感的企业家。他从容于心，淡定于行。自立而不骄矜，自主而不妄断；胸怀宽广，见识高远。

第二次创业开始之初，他在思想深处就勾勒出了“立足甘肃，面向全国，专注做精建安、市政、钢结构，向房地产业、生态农业、金融投资业、物流业、服务业延伸发展”的企业经营方向。

他认为，立足甘肃，面向全国，是企业的发展方向和经营领域；专注做精建安、市政、钢结构，向房地产业、生态农业、物流业、服务业延伸发展是企业经营的业务范围和服务方向，企业应满足顾客哪些需要，表明企业经营的行业、业务或领域。

这一超前的企业经营方向体现着高禧强烈的市场竞争意识，充分展示出走向全国、走向世界的雄心大略，显示着他干事创业的魄力、能力和实力。

站得高，方能看得远。

在现代市场经济的条件下，人们对企业的认知往往是企业的品牌，塑造企业形象、宣传企业品牌，扩大企业在市场上的知名度是企业重要的营销手段。

早在1982年，《中华人民共和国商标法》就已经颁布，但是对一些民营企业来说，企业商标的概念一直很模糊。

高禧认为，一个企业的标志承载着企业的无形资产，是企业综合信息传递的媒介。

企业标志，具有象征功能、识别功能，是企业形象、特征、信誉和文化的浓缩。符合企业理念的标志，会增加企业的信赖感和权威感，在社会大众的心目中，它就是一个企业或品牌的代表。

在甘肃再就业建设集团成立之初，他就积极主张，多次提出设计方案，并参与设计、指导和修正，最终设计出了企业的标志：

企业标志作为企业CIS战略的最主要部分，在企业形象传递过程中，是应用最广泛、出现频率最高的。就好像一个人的“脸”，一个设计新颖、独特的商标就好像一张俊秀的“脸”，只需一眼，就能在人们的脑海中留下清晰的印象，让人难以忘怀。

同时，企业的标志一定要把企业的使命、核心价值观、终极目标体现其中，时刻提醒、激励企业家和企业员工不懈地努力。

甘肃再就业建设集团企业标志图案中的“ ”形，象征的是人的双手，众人之手托起再就业的希望。标志图案上部“ ”形代表初升的太阳和劳动的果实，负形是“再就业”汉语拼音的首字母“Z、J、Y”糅合形。标志总体象征企业积极向上的敬业精神和勇于突破陈规的创业信念。标志标准色为红色，象征着热情向上的企业精神。

高禧认为，企业的日益强大，不能再依赖一个人的组织体系，而是要打造一个有着共同梦想、共同目标的团队。要使这个团队发出同一种声音、坚守同一个梦想、坚决捍卫同一个誓言，让企业实现传承百年基业，就要将一个企业做大、做强，要有一套文化与制度相结合的管理体系，以此来统一全员的价值观，让团队成员从中感受到自己的神圣使命，信心倍增、动力十足地抱成团，共同奋进。企业要实现健康持续发展，必须要有企业的文化和制度。

于是，他把学习作为办好企业的责任，作为提升自己管理企业能力和水平的办法，作为一种追求美好生活的方式。

他减少应酬，耐住寂寞，放弃休假，把学习书本知识跟解决企业管理的新问题结合起来，把理论学习与实践结合起来，每年他都要抽出时间到高等学府、国外商学院、顶尖企业培训机构参加培训，学习现代企业管理知识，到国内外知名企业参观考察，开阔视野，增长见识……

伟人毛泽东说过，学习使人进步。

追求进步，是人们的一种普遍价值取向，也是社会不断发展进步的重要思想基础。人的进步包含多个方面，知识的进步、思想的进步、事业的进步等。

思想进步以知识进步为前提。人们通过学习所掌握的知识越全面、越丰富、越深刻，就越能从中获得启迪、激发灵感，在思维能力和思想水平上获得提高。

因此，要取得思想的进步，就要把学习与思考、理论与实际、继承与创新等有机结合起来，努力实现知识进步和思想进步的统一，事业进步才有基础和保障。

高禧在中央党校学习期间，完成了《打造强势管理团队，构建企业能力集体——关于推进企业团队化、精细化管理的思考》的论文。

在北京钓鱼台国宾馆参加“成长型企业股权激励方案班”“家族企业的激励制度”学习时，完成了《甘肃再就业建设集团股权激励机制方案》，并经股东大会通过，逐步开始实施；撰写了《股权改革：企业家追求完美人生的德行艺术》论文（原载《甘肃广播电视报》）。

在上海参加企业成功“赢利模式”学习时，完成了《让自己成为成果的缔造者》的论文。

在北京华夏管理商学院参加“企业文化落地系统研修班”学习时，完成了《甘肃再就业建设集团〈企业基本法〉草案》，经第十届股东大会股东修改通过后，现已实施；撰写了《让企业文化起来》的论文。

在贵阳参加企业发展战略管控研修班时，完成了《在改革转型中崛起——关于深化二级法人实体建设的思考》等文章。

……

同时，他还有计划地选派企业高中层管理者、技术骨干等，先后到北京、上海、深圳、海南等地的企业管理商学院、企业培训机构进行培训学习。

这些年，高禧投入了大量的精力进行学习、培训，他自己在学政策、学管理的过程中，形成了30多万字的文章，取得了工商管理硕士（MBA）学位。同时，他还带着总经理层的同仁一同外出学习，他把学习作为干好企业的一项重要工作来抓。近几年，甘肃再就业建设集团派员工外出学习、培训投入的资金达500多万元。

高禧还把学到的知识与企业的实际紧密结合起来，利用每年冬季、春季施工停工期间，结合企业实际经常性地对职工进行培训。宁夏人民出版社将他给企业员工培训的演讲稿，编辑出版成专著《人生因奉献而丰盈——高禧企业管理论集》。

在专著《人生因奉献而丰盈——高禧企业管理论集》的首发式上，甘肃省建设委员会原副主任（正厅级）、甘肃省建筑业联合会会长续庸感慨地说："我认识高禧先生已有多年，他有干事业的胆识和魄力，有干成事业的执着和能力，有干好事业的胸襟和坚韧。高禧先生白手起家，经过几十年的不懈努力，不仅创下了这么大的一份'家业'，而且带着思想上路，把创业的认知与感悟，写成了几十万字的文章，可喜可贺！"

"对于企业管理来说，文化与制度是缺一不可的。柔软的文化，是让员工长久跟随企业的有力武器；坚如磐石的制度，能约束员工的工作态度和行为。《人生因奉献而丰盈》是高禧先生的心声流露，也是他‘让企业，文化起来’的可贵之处。一个企业，如果将企业文化与管理制度结合起来，相互渗透，相互促进，刚柔并济，就能形成独特的企业管理模式，将企业治理到极致。高禧先生在这方面做得很好，值得同行业的朋友们借鉴。”

首发式那天，高禧现场签名售书。许多企业家、企业管理者和高禧的亲朋好友参加首发式，排队等待他签名。《人生因奉献而丰盈》一书，首印2000册，首发式当日销售一空。一些人预交了书款，等待出版社重印。

一位资深媒体人读了《人生因奉献而丰盈》说："手捧厚厚的文集《人生因奉献而丰盈》，我很感慨。认识高总已有数年，了解他昨天创业的艰辛，感受他今天成功的喜悦，看好他未来事业的美好！高总干事业可以说是风生水起，值得敬佩；著书立说也是毫不逊色，当打开《人生因奉献而丰盈》一书时，读着读着，竟然放不下手了。一个个真实的故事用朴实的语言娓娓道来，没有激昂的语言，没有华丽的辞藻，没有呆板的说教，唯其思想在字里行间穿行，不乏哲理‘心语’与我开始对话，一股正能量渐渐传递开来……社会需要这样的励志书籍！”

仔细阅读高禧先生的文集，就可以透视他的心灵。他在企业内部打造一种真诚的感恩文化，这是他在创业和兴业过程中得出的结论，感恩时代给予他发展的机遇，感恩社会创造了发展的环境，感恩员工为企业发展做出的贡献。

高禧认为，人生在世，不但要追求物质的东西，还要给自己一个崇高的理由。企业家要把感恩之心之情转化为行动，最好的方式就是要履行社会责任。

中国企业的社会责任是什么？

中国经济出版社发行的《中国企业社会责任》一书给出的答案是："企业社会责任"（CSR）是解决企业与资源、环境和社会种种冲突、保持社会关系和谐和经济秩序稳定的有效手段。

高禧认为，企业要履行社会责任，必须把企业做好、做强，把手头的事情做好。在实现资源合理利用，环境有效保护的同时，实现企业有效益，员工有收入，对国家有贡献，对社会有奉献。

他把这个朴素的认知和信念，在多年创业实践中，积累、沉淀；在长期的学习中，发酵、回炉；在不断的思索中，完善、升华。最终，他将企业的社会责任总结为"质量第一，信誉至上，发展自我，回报社会"的企业宗旨和"创业贡献，求实创新，爱岗敬业，诚信互助，合作共赢"的企业精神，升华为"担当、务实、创新、感恩、仁爱、利众"的企业核心价值观，形成了"为创建享誉神州的一流建安开发企业孜孜以求"的企业使命。

核心价值观是解决企业在发展中如何处理内外矛盾的基本准则，它是员工对事物价值评判的标准；核心价值观是企业诸多价值观中的根本价值观，是统帅其他价值观的深层价值观。

在"担当、务实、创新、感恩、仁爱、利众"这个崇高的企业核心价值观的统帅、指引下，形成了“创业贡献，求实创新，爱岗敬业，诚信互助，合作共赢”的企业精神，“说到做到，做就做好”的企业风格、工作作风，“专业、诚信、规范、共赢”的企业经营理念和“集中管控，稳中求精，转型升级，创新发展”的企业战略定位；描绘出了“将再就业集团打造成为令人羡慕、受人尊敬的标杆企业”的企业愿景；确定了“实现企业内涵式增长，彰显企业生动的魅力。发展自我，奉献社会，传承百年基业，企业在社会上具有影响力，员工生活得更体面、更有尊严”的企业终极目标。

企业的终极目标是企业最终要实现的目标，也就是企业最终给予社会、给予员工一个什么样的结果。是企业对社会的回报，是企业家对员工的庄严承诺。

高禧认为，感恩是一种处世哲学，也是生活中的大智慧，是积极的人生观。这里包含着企业和企业家的一份爱、一种责任。

俗话说，博爱没有敌人，智慧没有烦恼，感恩才会快乐。感恩让高禧和他带领的企业崇高起来，感恩也是企业持续发展的原动力。

第十六章

质量兴企争国奖

“质量是企业的生命。”这不是一句简单的口号，需要企业全员用实际行动做出诠释。高禧常说，要把企业做好、做强，首要任务是保证质量。

“咱们盖房子要上对得起国家，下对得起百姓，更要对得起自己的良心”高禧从创业伊始至今，始终坚持这个朴素的信念，把诚信和质量作为立企之基，发展之本，将质量意识贯穿在企业的各项工作中。

多年来，他始终高标准、严要求地做好每一项工作，持续改进工作中的缺点和问题，讲求实效、追求完美体现在企业发展的每一个环节，为创建优质工程，打造标杆企业奠定了基础。

2005年1月20日11时38分，一架银灰色的中国民航波音747客机从金城兰州中川机场起飞，向祖国的首都北京飞去。

苍茫的长城，蜿蜒的黄河，渐渐从舷窗前隐去，机身下翻腾着巨涛般的云海。

高禧端坐在舷窗前，一身笔挺的藏蓝色西服，衬托的他气宇轩昂。此刻，他缓缓地合上干涩的眼睛，让思绪随着云海流滚。

一个月前，高禧接到国家建设部和全国建筑业联合会的通知，邀请他前去首都北京参加中国建设工程鲁班奖的颁奖大会。

这天，与高禧同行的还有时任甘肃省建设委员会常务副主任、甘肃省建筑业联合会会长续庸。

“这可是全国荣获建设工程鲁班奖的首家民营企业，这代表着甘肃省民营建筑企业的工程质量水平和施工技术实力呀。”续庸会长一遍一遍地念叨着，喜悦之情始终洋溢在这位甘肃省建筑业界老领导的脸上。

当客机呼啸着冲入跑道，缓缓降落到首都机场时，高禧随着人流走出机场，接机的工作人员把他引导进一辆豪华商务客车上。

车内，来自上海、广东等全国各地知名的“国”字头建筑企业的老总们，一个个西装革履、意气风发、踌躇满志。相比之下，高禧这个来自西北边陲小城武威的民企老总，显得有些紧张和忐忑不安。毕竟，这是他首次参加全国建筑领域质量最高奖项的颁奖大会。

高禧申报鲁班奖的建设项目是武威市雷台文物保护与汉文化园区工程。

雷台是举世闻名的稀世珍宝、中国旅游标志“马踏飞燕”的出土地，位于甘肃武威城区北关中路，占地面积12万多平方米。

据史料记载，雷台为前凉（公元301—375年）国王张茂所筑灵钧台。《资治通鉴》中记载，东晋元帝大兴四年（公元321年）始筑“周轮八十余堵，基高九仞”。长106米，宽60米，高8.5米。台上有明清时期的古建筑群雷祖殿、三星斗姆殿等10座，其建筑雄伟、规模宏大。周围古树参天，湖波荡漾，是闻名遐迩的旅游观光胜地。1983年，雷台被公布为甘肃省重点文物保护单位。2003年11月，被定为甘肃省建设系统第三批“文明服务示范窗口单位”。2004年4月，被定为甘肃省第三批省级“爱国主义教育基地”。

1969年9月，当地群众在雷台东南角下发现了一座东汉晚期（公元186—219年）大型砖室墓，墓葬由墓道，墓门，甬道，前、中、后室等部分组成，通长40米；前室有左右耳室，中室有右耳室，墓葬虽经盗掘，但遗存尚多，出土有金、银、铜、铁、玉、骨、漆、石、陶等珍贵文物共231件，古钱币3万枚，被史学界称为一座丰富的“地下博物馆”。

在出土文物中，最突出的是铸造精致的99件铜车马仪仗俑，艺术价值最高的是一匹铜奔马。1971年9月，全国著名考古学家、人大常委会副委员长郭沫若陪同柬埔寨王国民族团结政府宾努首相在甘肃省博物馆参观时发现铜奔马，称其为“马踏飞燕”。1973年，外交部长陈毅决定让铜奔马赴世界各地展览。作为中国考古文化的优秀代表“马踏飞燕”于1973年4月至1975年8月先后到法国、日本、英国、罗马尼亚、奥地利、南斯拉夫、瑞典、墨西哥、加拿大、荷兰、比利时、美国等14个国家和地区展出，引起了极大的轰动和高度赞誉。1983年10月，“马踏飞燕”被国家旅游局确定为中国旅游标志；1985年武威市将“马踏飞燕”定为象征武威腾飞的城标；1986年，定为国宝级文物。

2001年，雷台汉墓被国务院公布为全国第五批重点文物保护单位。在国家、甘肃省政府的大力支持下，武威市争取到了雷台文物保护与汉文化园区建设项目，国家支持资金，对雷台旅游区进行旅游基础设施和景点建设。

2001年4月18日，雷台文物保护与汉文化园区建设项目正式破土动工，由当地声誉极好、颇具实力的甘肃再就业建设集团中标承建。

为了确保按期、优质完成施工任务，高禧亲任项目经理，集团公司总经理王建中担任项目技术负责人，集团公司副总经理张文福担任项目副经理，并抽调技术骨干，组成强有力的施工队伍，进驻施工现场，开始紧张施工。

该项目由南大门、泉源、扇形浮雕墙、图腾柱、铜车马仪仗俑、雷台台体加固、天马艺术馆、汉文化展示建筑群、园区道路、停车场、汉墓广场、园林绿化等20多个单项工程组成。

雷台文物保护与汉文化园区建设项目工程为市政园林工程，占地总面积12万多平方米，建筑面积1.32万平方米。

工程占地面积大，单项工程多，施工工艺复杂，精度控制难，质量要求高。

在施工工艺中，有现浇混凝土框架结构，又有砖混结构；有各类雕塑，又有风格各异的建筑群；有新建项目，又有改造加固建筑。

在建筑风格上，既要“修旧如旧”，又要创新创造；既要体现汉代建筑特点，又要结合传统宗教文化……

项目开工建设伊始，高禧就提出了“确保飞天奖，争创鲁班奖”的质量目标，严格按照ISO9001：2000质量管理体系，针对项目工艺复杂、精度控制难、质量要求高的特点，他亲自主持编制了详细的质量计划，建立质量保证体系，严格按照“三检”制度，关键及重点部位的工序，制定了严格的控制措施。严格按照设计要求，制订质量、安全生产等各项管理制度与措施，统一管理，总体规划，现场调度，跟踪管理。

在各项工程施工中，大胆引进新工艺、新技术、新材料，克服因工程项目多、交叉施工、工艺复杂、工程专业技术要求高、时间任务紧的实际困难，高标准、严要求，使工序质量得到有效控制。

同时，高禧大胆应用施工新技术。采用电渣压力焊技术和自制卡具，保证了大直径钢筋的可靠直接，有效预防钢筋移位。采用竹胶模板，使混凝土表面光洁、平整。采用SBS改性沥青防水，通过淋水、灌水试验，保证了无渗漏。采用钢结构焊接加固技术，保证汉墓侧壁与拱顶压力的合理分担。采用高性能混凝土，保证泉源的抗渗、抗冻性能，满足四季使用功能。采用计算机数据统计分析和模拟拼图，保证大面积铺装、拼图花色统一完整。

在雷台台体加固施工中，他注重传统施工工艺的开发。采用竹锚杆联系草绳加锚、人工石杵夯实的古老工艺，使原台体不受扰动，原料密度相接近，新旧土体结合完好，达到了“修旧如旧”的建筑要求。同时，他还采用计算机数据统计分析技术与传统建筑绘画工艺相结合，能工巧匠精雕细琢的方法，保证各类浮雕精美、流畅。

雷台文物保护与汉文化园区建设项目完成施工任务后，甘肃省建设厅组织勘测、设计、监理、施工、消防、规划等相关专家，严格按照程序进行了全面、认真的验收。专家一致认为，该工程施工符合国家法律、法规，符合施工规范、规程、建设强制性标准条文，质量符合国家标准，符合设计规范标准，符合合同的要求。工程结构安全可靠，使用功能满足建设要求，施工质量和服务赢得了社会各界的广泛好评。按照国家工程质量GBJ300-88标准，评定为甘肃省建筑质量优良工程。先后荣获甘肃省武威市优质建设工程奔马奖，甘肃省优秀设计奖，甘肃省建设工程飞天奖。

2003年7月14日，雷台文物保护与汉文化园区建成，对外开放。园区成功地举办了甘肃武威“天马”文化旅游节暨2003年全国乡镇企业东西合作经贸洽谈产品展销会。

雷台文物保护与汉文化园区，以崭新的面貌与中外游客见面。天下第一马“马踏飞燕”与整体放大6倍的99件铜车马仪仗俑队列，堪称“世界之最”；汉代建筑风格的雷台大门堪称“中华第一门”；凝聚汉文化精粹的巨型浮雕、牌楼、图腾柱以及布展了具有天马艺术风采的天马艺术馆；具有现代音响、灯光、艺术造型的大型音乐喷泉……不仅让游客目睹古代人民智慧的杰作，将汉文化和马文化全方位地展示给国内外游客，而且为游客提供了舒适优美的游览环境。中央及各省、市领导、专家、学者参观后给予了高度评价。

但是，高禧将精雕细琢的雷台文物保护与汉文化景区建设项目申报鲁班奖之初，心中还是有许多疑虑的。从参评鲁班奖的企业规模来看，企业大多都是“国”字头的建设大集团，远远超过了甘肃再就业建设集团的规模和实力；从参加评选的项目来看，都是几十亿元，甚至上百亿元的重点项目……对于一个西部边陲小城的民营企业，参与中国建筑工程鲁班奖的评选，能成功吗？

鲁班奖是精品工程的象征，其权威性和知名度得到建设行业的公认和社会的认可。国家建设部原副部长黄卫说，鲁班奖是我国建筑业工程质量的最高荣誉奖，不仅要求建设项目的质量优良，而且要求设计合理、技术先进，各项技术、经济指标都要达到国内同类先进水平。

鲁班奖创立于1987年，该奖项也是国内建筑行业工程质量最高荣誉奖。鲁班奖每年颁奖一次，授予创建出一流工程的企业。

鲁班奖的评选活动，坚持“百年大计，质量第一”的方针，评选工作本着对人民负责、对历史负责的精神，坚持“优中选优”和公开、公正、公平的原则。由建筑业企业自愿申报，经省、自治区、直辖市建筑业协会、有关行业建设协会或有关单位择优推荐后进行评选。并要求申报项目要符合法定建设程序、国家工程建设强制性标准和有关省地、节能、环保的规定，工程设计先进合理，并已获得本地区或本行业最高质量奖；工程项目完成竣工验收备案，并经过一年使用没有发现质量缺陷和质量隐患。

经过一批又一批国内建筑、设计专家学者对雷台文物保护与汉文化园区的施工资料查阅、实地考察。评审组在古城西安召开了2004年全国鲁班奖项目评审论证会议，评审组的专家学者对雷台文物保护与汉文化园区的质量给予一致好评。评审组首席专家，住房和城乡建设部风景园林专家，国际园林景观规划设计行业协会主席，北京林业大学教授、博士生导师唐学山说："雷台文物保护与汉文化园区项目不仅建设项目的质量优良，设计合理、施工技术先进，而且将武威传统施工技艺同现代施工技术巧妙结合，科学地解决了施工中的难题，既达到了'修古复古'的设计要求，又提升了项目工程的质量，各项技术、经济指标都达到了国内同类工程施工先进水平。"

从专家们赞许的言谈和喜悦的脸色中，高禧心中有了胜算的把握。当接到邀请他去北京参加颁奖大会的通知时，他把这个喜讯藏在了自己的心中，他是怕这个作为从事建筑行业的每一家企业、每一个从业者都视为至高荣誉的奖项有个"闪失"，他的心里总是忐忑不安。

2005年1月21日上午，2004年度中国建设工程鲁班奖（国家优质工程）颁奖大会在京隆重举行。国家建设部原副部长黄卫和郑一军、廉仲、李智勇等领导出席大会并为企业颁奖。

当高禧在工作人员的引领下，同其他"国"字号的建筑企业老总，一同走进大会会场的时候，当他伴随着欢快的凯旋进行曲，走上领奖台，从国家建设部副部长黄卫的手中接过奖牌，无数闪光灯闪个不停的时候，这位从祖国西部走来的汉子，成功的喜悦涌上心头，幸福的泪花噙满双眼。

2004年度，全国有84项建筑工程获得中国建设工程鲁班奖殊荣。地处西部的甘肃省仅有两项工程喜获此殊荣。对于武威地区来说，是自1987年鲁班奖评选工作开始以来，近20年来，第一次有民营企业获鲁班奖，全国也属首次。

当高禧同甘肃省建设委员会常务副主任续庸参加完颁奖大会回到金城兰州时，甘肃省政府、甘肃省建委、甘肃省建筑业联合会的领导举行了欢迎座谈会。省上领导对高禧和他创办的甘肃再就业建设集团大胆创新，严格要求，科学施工，视质量为企业生命线，勇于向国家建筑质量最高标准看齐，承建的雷台文物保护与汉文化园区项目荣获鲁班奖表示热烈祝贺。同一天，甘肃省建筑业联合会在兰州举行了隆重的新闻发布会。新华社甘肃分社、《中国建设报》《甘肃日报》、甘肃电视台、甘肃人民广播电台、《西部商报》《兰州日报》、兰州电视台等多家媒体应邀参加新闻发布会，并纷纷进行了报道。

1月25日，《甘肃日报》在重要版面、显要位置刊发了记者陈晓军的新闻稿《甘肃省民营企业首获全国“鲁班奖”》：记者从有关会议上获悉，由甘肃武威再就业建设集团承建的武威市雷台文物保护与汉文化园区工程，荣获2004年中国建设工程鲁班奖。据省建筑业联合会有关人士介绍，民营企业获鲁班奖，这在全国是首次。《西部商报》以整版的篇幅报道了高禧带领甘肃武威再就业建设集团质量兴企，争创鲁班奖的全部过程。

1月25日11时28分，凉州城区沸腾了。

从凉州古城的南城门广场到雷台文物保护与汉文化园区，沿途道路两侧被人们围得水泄不通。高禧载誉归来，武威市委、市政府，武威市建设委员会、武威市建筑业联合会，甘肃再就业建设集团及武威市的建筑企业举行了隆重的欢迎仪式。

被誉为“中华第一门”的雷台汉代风格大门前，彩旗猎猎，气球高悬，礼炮声声。曾经走出国门，进行过表演的武威四坝攻鼓子队，从南城门广场开始，夹道欢迎载誉归来的高禧到武威市雷台文物保护与汉文化园区广场。

大型音乐喷泉“轻歌曼舞”，被誉为天下第一马的马踏飞燕“仰天长鸣”，堪称“世界之最”、凝聚汉文化精粹的巨型浮雕、牌楼、图腾柱以及整体放大6倍的99件铜车马仪仗俑队列展示在人们的眼前……高禧和他的同仁们，精心施工，建造的雷台旅游区，以崭新的面貌向世人充分展示着独特的魅力……

一队古装黑衣武士，随着一阵由轻而重，由缓而急，初似铮纵泉流，渐如惊雷奔电的隆隆鼓声，击鼓起舞，将观舞者带入金戈铁马的古战场中……

这就是号称西部鼓魂的武威“攻鼓子”，它已经进入第二批国家级非物质文化遗产保护名录。今天，这支西部鼓魂狂欢劲舞，为喜庆武威企业在全国争得鲁班奖殊荣助力。武威市原领导曾继伟、焦天成出席欢迎仪式，欢迎高禧载誉归来。

高禧，二十年圆一梦，艰辛并快乐着。

“要向全国建筑行业中的最高质量最高标准看齐。”高禧创业之初的这个信念，经过二十多年的不懈努力，变成了现实。雷台文物保护与汉文化园区工程，荣获中国建设工程鲁班奖，为甘肃人民争了光，为武威人民争了光。

第十七章

科学管控强素质

“荣获鲁班奖是政府和社会对我们过去的施工质量的肯定，更多的是鼓励与鞭策。这不是终点，是新的起点。”高禧清醒的认识，来自他长期在建设行业摸爬滚打的实践经验和科学总结。

质量代表着一个企业的竞争意识，企业家的态度决定着质量。

也就是从那时起，高禧把鲁班奖项目树为企业工程质量的标杆，要求每个项目以“国家质量安全生产标准”看齐。

“质量是立业之本，是企业走向市场的通行证。”他说，建筑工程质量，这是一个关系到人民生命财产安危的重要问题。

“质量就是人品，品质体现尊严。合格率达到100%，优良率达到95%以上。”高禧把这个硬性的指标确定为企业的质量理念。

“如果你只会在公司中空喊‘质量第一’，‘质量是企业的生命线’之类的口号，我建议你闭嘴；如果你的墙上到处挂着要重视质量标语，而实际上产品质量却一塌糊涂，我建议你把这些东西全部撕下来烧掉。”高禧重视质量，第一个措施是消除一些空洞的承诺和口号，把质量意识在全员中树立起来，融入于心、见之于行。

从总经理、总工程师，到相关部门、项目经理、技术员，甘肃再就业建设集团公司赋予他们一种特殊的权力——质量否决权。

总经理在施工质量管控中就是两个字——标准。这个“标准”就是国家施工规范、施工标准。

标准决定水准，一个标准很低的企业，即使它有最好的设备和技术人员，也干不出好的工程。在每项工程的施工中，高禧要求，要始终如一地坚持“上道工序不符合标准，绝不能进行下道工序。”

主管质量的副总经理的首要任务就是抓好质量管理。高禧要求，要正确处理好质量与进度的关系，质量与安全的关系，质量与效益的关系。质量永远是第一位的，成本和速度是第二位的。

项目经理的工作重点是消除施工与标准的偏差，坚守施工一线，在第一时间发现问题，现场解决问题，寻找施工过程中容易发生质量通病的关键部位，跟进式管理，不断地改进，彻底消除质量通病和质量偏差，不出现重复性的错误。

对于技术人员，高禧要求做到：准确、一致、高效、完善。

在甘肃再就业建设集团，施工流程、工艺、计划安排，都有量化的标准，而且要准确，不能出现偏差。要跟进式管理，通过紧紧跟随施工人员，不厌其烦的、经常性的提醒大家，对发现的质量问题及时改进，不仅要考虑如何提高生产和工作的效率，还要考虑如何得到最好的效果。追求精益求精，把问题消化在萌芽状态，杜绝质量事故的发生。

“每一个人都是企业的细胞，每一个人都非常重要。”高禧认为，如果每一个员工都能为企业尽力，都能够对企业负责，那么，整个企业将不是进步1%，而是进步10%，甚至100%了。

为此，他要求员工做任何事必须按照标准做，要不折不扣地达到这个标准。同时，加强施工过程中的质量标准、流程达标。强化监督问责，把奖励和惩罚作为刺激员工在工作中达标的最有效的手段。

建筑行业的专家学者分析认为，影响工程质量的因素很多，其中有人、有物、有自然及社会条件等基本因素。

人是工程建设的主体，物是工程建设的物质基础，自然因素和社会环境是建设工程的外部条件。这些因素各自独立又相互影响、相互制约、相互渗透。

质量管控，是企业管理的重要组成部分。

要确保施工质量，既要有一套科学的管控体系，也要从员工思想教育入手，整体提升企业内部素质。为此，高禧从培训企业全员入手，将企业管理、制度建设、企业文化建设融于一体。

“人的因素是最重要的，对工程质量产生决定性影响。”高禧认为，人的素质表现在思想和能力两个方面，思想水平、职业道德、责任心、经验知识、技能等都会成为影响质量的人为因素。

“要加强员工的培训，给他们搭建成才、成长的平台。”高禧认为，坚持不懈地进行员工培训，是提高企业管理能力、提升员工执行力的关键所在，也是一家优秀企业保持旺盛的竞争力的动力之源，更是一名优秀员工让自己的精彩绽放在人生舞台上的不竭动力和源泉。

员工是企业发展的原动力，优秀的员工才能造就优秀的企业。

一名优秀的员工是怎么成就的？

他不是天生俱来，而是接受教育，在实践中不断精进、修炼而成的。员工在企业最大的福利就是受到良好的职业培训。只有培训和教育才能让企业员工终身受益。

高禧把员工培训作为企业发展的远景规划内容之一，写入了《企业基本法》。在甘肃再就业建设集团的第一个十年企业发展远景规划中，就明确要求：“10年间，培养预备总经理8名，副总经理20名，工程师100名，建造师100名，部门经理60名，技术员200名。”

集团公司人力资源部每年都要做出员工的培训计划。通过“送出去”的办法，安排高中层管理人员和相关技术人员，到北京、上海、西安、广东等地，开阔眼界；到清华、北大等高等学府，增长学识；到慧聪、世华等企业管理培训机构，学习企业管理。

通过“请进来”的办法，把深圳、西安、兰州等地企业管理培训机构的老师，请到企业来，为员工讲授企业管理知识，增长员工业务知识，提升他们的实干能力。把建筑管理部门、建筑质量监督单位的专业人士请进企业，举办相关法规讲座，传授施工技术规范。

“能力是一个人进入职场的一块敲门砖，决定着我们能不能做某项工作；而态度决定着人生成败。”这是高禧在培训员工时的一段话。他十分注重员工的技能培训，更注重员工的思想境界、养成习惯的培训。他认为，能力只能让我们的事业达到78%的成功，而态度却能让我们突破自我，达到100%的巅峰。

在员工培训中，高禧秉承“以人为本”的培训理念，坚持不懈地抓好员工的培训，从实际出发，着眼于未来，尊重个人的知识和能力，尽可能使每位员工都能够接受到必要的培训，在培训中提升自我价值。在提升个人的修养和素质的同时，也给员工更大的自我发展空间，使培训成为每位员工提升价值、追逐梦想、实现自我的一把金钥匙，使每个思想在这里活跃，每个智慧在这里发光。

人是在说教中成长的，只有教育才能改变人生。其实，企业管理的灵魂就是有效的教育！一名出色的企业家就是一名优秀的演讲家、一名出色的教育者。

培养员工、管理员工的最持久、有效的方法，就是通过企业文化的熏陶，潜移默化地引导和改变员工的行为和思想，让他们在思想上同感、目标上同向、情感上同振，统一步调，发出同一种声音，实现同一个目标。

“一个企业如果没有灵魂深处的东西向员工进行说教和深入地渗透，即使它有一时的辉煌和荣耀，也迟早会出现危机和忧患的。一个企业如果缺乏新鲜和富有生命力的东西对员工进行正确的引导和教育，即使它披上了世界上最优秀的管理的外衣，也肯定不会支撑长久的。每一个人的心里都有一片阳光，只要通过教育这种力量，就会使一个人优秀起来。”这些年，高禧在企业员工的素质培养上，花费的经费达500多万元。

每年的年初、年末，他都要进行两次员工培训，每次的培训时间都在10多个小时，累计培训时间达到300多个小时。同时，高禧十分注重企业内部的“传帮带”。每年他都要求，企业内部各职能部门为职工备课，进行不少于20个课时的业务讲座，并进行考试，成绩不合格者进行补学、补考，直到合格为止。他倡导以师带徒，年轻员工要拜年长的技术人员为师，以老带新，传授技能。

他从企业对员工的管理，到员工对企业的忠诚；从企业的持续发展，到企业的感恩社会；从提升企业的执行力，到打造企业强势团队；从企业的专注，到员工的敬业；从构建企业管理能力集体，到员工的态度能改变自己命运；从企业在改革中崛起，到员工“你的未来你决定”……形成30多万字的培训材料，通过自己创业、兴业的实际经验，从不同的角度，深刻分析、阐述一个企业、一个员工，成长为一个优秀企业、一名优秀企业员工应具备的素质，激励员工励志成才，成为一个对社会、对企业、对家人有贡献的优秀人才。

高禧认为，文化与制度，是企业的左右两肋。

对于企业来说，文化与制度是缺一不可的。

企业的文化，是让员工长久跟随企业的有力武器；完善的制度，能约束员工的工作态度和行为。

一个企业，只有将企业文化与制度结合起来，相互渗透、相互促进，软硬兼施，刚柔并济，才能形成独特的企业内涵，将企业治理到极致。

“文化是企业的素养和道德水准，是企业的灵魂；制度是大家共同遵守的办事规程或行动准则，是企业的管理体制和管理措施。”高禧说，企业管理就是管人理事。人都没有十全十美的，更何况企业是几百数千人组成的团队。他说，在企业管理中，文化与制度缺一不可。

在企业的管理中，他重视用文化的力量来约束员工的行为，同样注重用制度来管理规范员工的行为。

高禧把企业管控形象地比喻为开车。他说，办企业就像开车一样，每个人都想把“车”开得快一点，这样就可以用最短的时间、最快的速度到达目的地。殊不知，当你车速越快的时候，你的危险系数也随之升高。尤其当你缺少了刹车系统，或者你的刹车失灵的时候，不仅会使自己车毁人亡，还会殃及其他人。

他说，车轮滚滚有它的轨迹和惯性，要想既实现企业的高速增长，又能避免“车毁人亡”，制度管控无疑是企业最好的刹车系统，可以让驶入“快车道”的企业快而保险！

管理有方可以让公司快速增长，控制合理才能让公司健康发展、不入歧途、少走弯路。

世界著名的调研机构盖洛普统计发现：企业经营环境面临巨变，其复杂程度超出10年前2.5倍，竞争强度比10年前增加3.3倍。世界500强企业的平均寿命为40年，全球企业平均寿命为10年，中国企业平均寿命不到3年。有关人士预测，中国民营企业有60%在5年内破产，有85%将在10年内消失。究其原因，主要是管控系统出了问题。

企业要管控什么？

“企业管控的范畴无外乎内控、外控两个。”高禧说，“信念、中高层、财务、边界、子母、质量管控为内控；供应商、渠道、客户管控为外控。”

于是，高禧从企业员工的信念管控抓起。

他说，人们往往被一种信念支撑着。一个人有什么样的结果，是因为他做出了什么样的行为。行为又取决于思想，而思想源于信念。只要你改变信念就可以改变思想，改变思想就能改变行为，改变行为就能改变结果。

高禧经过广泛讨论，确定了“将再就业集团打造成为令人羡慕、受人尊敬的标杆企业”的企业远景，做出了近十年的企业愿景规划：10年内，企业年实现建安产值50亿元，职工收入年均增长达12%—18%，职工年均收入达10万元，企业员工子女优先在企业内安排就业，让100名追随企业的奋斗者成为百万富翁。通过确定能够产生足够吸引力的企业远景，激发大家劳动激情的企业价值观等企业文化，并通过学习、贯彻、落实、传播、引领，让企业员工入脑、入心、入行，让全体员工践行，对照行为准则、规范，修正自己的行为，形成一种非制度的强大驱动力，消除负面的信念，增加正面的信念，激发企业员工的激情和热情。

正面的信念融入企业每一个员工的血液和灵魂，使之成为员工行为方式的助推器，让所有员工都能团结在一起，向共同目标迈进。

同时，借鉴省内外同行业先进管理模式，针对企业实际，遵循责权分明、有据可依、措施得当、随时监检的原则，建立健全了中高层、财务、边界、子母、质量、供应商、渠道、客户管控制度和规范。

科学管控，为企业持续发展系上最好的安全带，实现企业的健康快速发展，从根本上保障了企业的施工质量。

2003年9月，武威市雷台旅游区基础设施建设工程获甘肃省建设工程飞天奖，获2004年度中国建筑工程“鲁班奖”（国家优质工程）。

2004年10月，古浪县政府综合信息中心大楼获甘肃省建设工程飞天奖。

2005年12月，民勤一中教学大楼获甘肃省建设工程飞天奖。

2006年12月，武威市传染病医院病房楼获甘肃省建设工程飞天奖。

2007年12月，民勤县水资源管理调度中心大楼获甘肃省建设工程飞天奖。

2008年12月，甘肃省核地质二一二大队化工附楼获甘肃省建设工程飞天奖。

2009年12月，民勤县第四中学学生食堂获甘肃省建设工程飞天奖。

2009年12月，天晟商厦获甘肃省建设工程飞天奖。

2011年1月，玉门油田酒泉疗养院2#疗养楼获甘肃省建设工程飞天奖。

2012年5月，甘肃省武威监狱干警综合办公楼土建安装施工项目获甘肃省建设工程飞天奖。

2012年5月，甘肃省武威监狱迁建工程3#、4#监舍楼获甘肃省建设工程飞天奖。

2013年5月，武威监狱延建工程干警职工住宅楼南区1#楼工程获甘肃省建设工程飞天奖。

2013年5月，民勤文化生态园工程获甘肃省建设工程飞天奖。

2015年3月，泰和花苑住宅小区1#住宅楼建设工程获甘肃省建设工程飞天奖。

2015年3月，天祝县人民法院审判法庭建设工程获甘肃省建设工程飞天奖。

2015年3月，泰和花苑住宅小区1#住宅楼建设工程获甘肃省建设工程飞天奖。

2016年3月，永昌县文化中心建设工程获甘肃省建设工程飞天奖。

……

这些年，甘肃再就业建设集团先后在甘肃、青海、新疆、宁夏、内蒙古等省区，兰州、西宁、呼和浩特、乌鲁木齐、银川及甘南、白银、永登、武威、民勤、古浪、天祝、金昌、张掖、酒泉、嘉峪关、玉门等地、州、市、县、区承建大中型建安工程900多项，项目交验合格率均达到100%。创中国建设工程鲁班奖1项，创全国“AAA级安全文明标准工地”1项，创甘肃省建设工程飞天奖21项，创省级优质工程10项，市级优质样板工程奔马奖30多项。

第三篇

传承，书写一个企业的魂魄

“做好本职是合格，服务支援是良好，反省改进是优秀。”

“股权改革是管理好企业的伟大艺术，它体现着企业家的宽阔胸怀。”

“企业的传承并不是简单的企业管理权、企业资产所有权的继承，而是将企业的文化、精神、制度传承下来。”

第十八章

人生路上多风雨

1995年夏日，又是出门在外，一个多月没有回家了。

三个儿女尚小，妻子卢会庆一个人既要操持家里家外的一切事情，还要照料一家大小的生活起居。父母已70多岁，父亲身体状况不太好，高禧一直牵肠挂肚，放心不下。

一天下午，在民勤施工工地上指挥施工的高禧，接到家里打来的电话说："父亲病重。"接到电话后，他急忙给施工队长交代几句，从建设单位借了辆小汽车，向家里赶去。

民勤的施工工地距高禧的家凉州区高坝镇有近百公里的路程。

虽然是夏日，傍晚的凉州，不像白天那样炎热，很凉爽。

六七月份的凉州，豆儿已经成熟了，麦子开始扬穗灌浆，密密的胡麻开放着蓝盈盈的花朵，壮实的玉米挺直了腰杆，开始孕育丰收的希望，风儿吹来，一阵成熟庄稼的清香扑鼻而来……

当炙热的火球终于沉下大地时，深蓝色的天空犹如一块巨大的幕布，上面挂着一轮弯弯的明月，许多小星星正冲着大地眨眼睛呢。

此时此刻的高禧，无心欣赏这美好的景色，他心中惦记的是父亲的病情。他驱车来到武威城区妻儿居住的地方，两个尚小的儿子已经趴在床上入睡，乖巧的女儿手托着下巴，静静地坐在书桌前，小花猫安静地伏在她的脚边打盹。

看到父亲回家，女儿雀跃而起，围住爸爸问长问短，家里的气氛立即活跃了起来。

“喵——”知趣的花猫伸个懒腰，跳上床去，继续做它的好梦。

“快来吃饭吧，饭菜都好了。”贤惠的妻子卢会庆知道丈夫要回家来，早早就准备好了一桌可口的饭菜。高禧匆匆吃了一点，带上妻儿，向高坝村父母的身边赶去。

他拖着疲惫不堪的身子，回到高坝镇高坝村的家中时，已经是深夜10点钟。

他推开家门，母亲苍老了许多，坐在小凳上，等待儿子回家。重病的父亲躺在病床上，亲戚邻居都赶来看望老人。父亲看到儿子回来，脸上露出了笑容。高禧看到生病的父亲，心中顿生几许愧疚。为了事业，高禧长期在外奔波，守护在父母身边的时间有限，他紧紧握住父亲的手，眼里涌出了泪花……

时针指向11点钟的时候，考虑到儿女第二天要上学，高禧决定自己留下来照顾父亲，让妻儿坐车回城区的住处。

吃过药后的父亲病情得到缓解，一家人的心情也都好了起来。母亲招呼亲戚邻居喝茶，大家围坐在父亲的病床前拉着家常。说话间，高禧的传呼机响了，他一看是妻子发来的：“家中防盗门锁无法打开，我们进不了家。”高禧无法脱身，他便让自己的两个妹夫进城去给妻子开门锁。

半个小时后，前去开锁的妹夫发回信息：“无法打开门锁。”无奈之下，高禧便和另外一个妹夫，各骑一辆自行车进城。

“天黑，路上多小心呀！”母亲一再叮嘱。

“知道了。”高禧一边应和着母亲的叮嘱，一边跨上自行车向城区疾驰而去。

出了村庄，走过三四公里的砂石路，就上了国道312线。在宽广平坦的柏油路面上骑自行车，比砂石路上骑轻松多了。刚才，被汗水浸湿紧贴在身的衬衣，被晚风一吹，凉飕飕的。他解开衬衣纽扣，晚风吹得衬衫像旗帜一样“哗哗——”作响……刚过高坝十字立交桥时，高禧骑的自行车前后两个轮胎都突然没有气了，他把自行车放在路边的麦田里，与妹夫两人骑一辆自行车进城。行走到武威城区南关原武威地区养路费征稽处路段时，有一个司机酒后驾驶一辆“东风”大货车违章逆向疾驶而来，汽车的远光灯就像两盏探照灯，照得高禧睁不开眼睛，顿时眼前一黑，不小心“挂”在了这辆大货车上。求生的本能使高禧紧紧抱住“东风”大货车前的保险杠，酒后的司机一点都没有发现有人被他“挂”在车上，拖了100多米。迎面驶来一辆兰州到武威的“黄海”大客车，“东风”大货车司机一个急刹车，高禧松开了紧抱保险杠的手，“东风”大货车的后轮从他的大腿根部碾压了过去，才停下了车。高禧当场昏迷，不省人事。

醉醺醺的“东风”大货车司机下车一看，车轮下躺着一个大活人，傻眼了，抱着头一屁股蹲在了路边。“黄海”大客车上的司机、乘客和高禧的妹夫把高禧及时送到了武威市人民医院，医院组织专家积极施救。

一直到第二天凌晨四点，医院急救室的灯还在亮着。急救室外，聚满了人，高禧的家人、亲戚、工友和朋友……

“抢救了两个多小时了，怎么还没有消息。”车祸发生后，妻子卢会庆得知消息，第一个赶到了医院，这时她心急如焚，只要有医护人员走出急救室，她就着急地拉住医护人员问个不停。

“不要着急，我们已经把医院内最好的医生都叫来了，安心等待。”

医护人员的回答，多少给卢会庆及高禧的其他家人、亲戚、工友和朋友们一点安慰，他们站在急救室外的楼道里焦急地等待着。

医院过道的上方，挂着一个方方正正的大钟表，时针、分针、秒针，不慌不忙地按照它们的规律，“嚓、嚓、嚓……”有节奏地走动着。

在静悄悄的深夜，对等待在急救室外的人们来说，钟表的时针、分针、秒针都走得太缓慢了，特别是那“嚓、嚓、嚓……”的走动声，让人更加急躁和不安。

因为担心老人因紧张、恐惧发生意外，人们没有把高禧遭遇车祸的消息告诉高禧的父母。

卢会庆的眼泪，一直在眼睛里打转，可就是没有让它掉下来。看似娇弱的她，有一颗强大的内心，她深深地明白，越是在这种关键时刻，自己越要坚强。

如果这个时候，她坚强不起来，倒下了，老人怎么办？孩子尚小，怎么办？

她坚定地相信，一切灾难，只要人们积极地应对，都会过去，一切都会好起来。

凌晨2点开始手术，4个多小时才完成手术。手术后的高禧因一直处于昏迷状态，被送到重症监护室。直到第四天清晨六点，高禧才脱离危险，苏醒过来。紧张忙碌的医护人员，先后走出了重症监护室。

“大夫，怎么样了？”卢会庆拉住主治大夫的手，急切地问到。

“伤者的体质很好，也很坚强，现在基本脱离危险了。”主治大夫说话间，医护人员已将高禧从急救室推了出来。

卢会庆急忙扑上去，看到躺在手术床上的丈夫十分疲惫，但脸上依然强露着笑容，说：“我命大，没啥。”

这时，她的泪水扑簌簌地流了下来，她懂得坚强的丈夫，是怕她和所有的亲人为自己担心，说的是宽心话，就凭着这近100个小时的抢救，能没啥吗？

后来，从急救大夫的口中得知，当时从高禧腹腔内抽出的鲜血近2500毫升。按照医学解释，成年人的血量大致相当于本人体重的7%—8%，对于一个健康的成年人来说，全部血量大约在4000—5000毫升，一次失血超过1200—1500毫升，就会有生命危险，更何况高禧当时失血近2500毫升。

昏迷了四天五个晚上的高禧，经过医护人员的及时、精心抢救醒了过来。高禧的命总算保住了。但车辆的碾压使他的盆骨、腿骨粉碎性骨折，专家建议通过手术治疗，高禧请求医生按照保守的治疗方式治疗，最终专家们采用中医保守骨伤治疗的方法为他治疗。

奇迹在高禧的身上发生了。由于他只有二十多岁，年轻，体质好，用中医骨伤治疗的方法，高禧那被车辆碾压粉碎性骨折的盆骨、腿骨恢复得很快。

医生吩咐他至少要卧床休息6个月时间，但他哪里待得住，身在病榻，心早就飞向工地。住院期间，他躺在病床上，每天都要听施工队长的汇报，指导开展施工。

他的事业刚刚起步，如果稍有不慎，不论是在施工质量，还是在施工安全上出个差错，就会带来灭顶之灾。如果真要是企业垮了，跟随他苦干了这么多年的工友何去何从？他要带领更多的乡亲们致富的梦想怎么实现？

住了不到两个月时间，他瞒着医生在工友的搀扶下，坐车来到日夜思念的施工现场……

人生路上多风雨。这场车祸之后，高禧还经历了两次不小的车祸。

2001年农历八月十四上午6时，高禧从武威出发，驱车前去新疆洽谈建设项目。

河西走廊是中国内地通往新疆的要道，自古就是沟通西域的要道，著名的丝绸之路就从这里经过。河西走廊东起乌鞘岭，西至古玉门关，南北介于南山（祁连山和阿尔金山）和北山（马鬃山、合黎山和龙首山）间，东西长约一千公里，南北宽百余公里。途经甘肃省的武威、金昌、张掖、酒泉，出嘉峪关，经玉门、疏勒河，沿马鬃山南麓西进，跨红柳河进入新疆维吾尔自治区，再沿天山南麓，经哈密、鄯善及吐鲁番盆地北缘，在达坂城穿过天山至乌鲁木齐。

曾经，这条古丝绸之路上人声鼎沸，繁极一时，留下了众多故事等着人们去发现。如今，这条古道容颜焕发，实行一带一路，赋予了这条古道新的使命，它不仅是连接亚欧大陆的通道，而且是融合中西方文化的纽带，是促进中西经济交流的桥梁。

汽车沿着宽阔的道路快速前行，道路两旁的树木景色一闪而过。高禧一边欣赏着沿途的风景，一边思考着企业发展的远景。车行至甘肃省张掖市临泽县境内时，突然从道路旁的一片红树林的岔道上驶出一辆“铁牛55”拖拉机，高禧所乘车辆的司机采取紧急制动，但还是没能避免车祸的发生。高禧乘坐的三菱越野车撞在了拖拉机上，他的头部重重地撞在了汽车挡风玻璃上，鲜血顺着额头流了下来，当场昏迷了过去。此时，临泽县人民医院的急救车路过，高禧被医护人员抬上了救护车，送往临泽县人民医院，经过一个多小时的抢救，高禧才慢慢苏醒。

福不双降，祸不单行。时隔两个多月，高禧去嘉峪关洽谈项目。

高禧记得很清楚，他说，那是2001年农历十一月初二上午6时，他与两个朋友，乘坐新购置的三菱帕杰罗越野车去嘉峪关。汽车行至永昌县时，只跑了八千公里路程的新车突然后胎爆裂，汽车失控，在路上打了几个转后，冲入公路旁边的树林，撞断了三棵碗口粗的白杨树后，侧翻在路基边。高禧头部受伤，鲜血直流，同乘的两人都不同程度受伤，其中一位造成胳膊骨折、两根肋骨折断的重伤。

高禧先后经历了三次车祸，但他都坚强地挺了过来。车祸给高禧留下了终身腰疼的疾苦，也使他悟出了很多人生的哲理。人生无常，生命是那么的脆弱，如同树上的叶子，随时都会被风吹落，一刹那，一切都会结束，包括生活的酸甜苦辣、喜怒哀乐，所有的都将随之消失。只有亲情、友情、真善、感恩是相对永恒的。

他常常想，假如每次车祸，他遇不到好心的路人，假如医护人员抢救的不及时，假如……但是，这些假如，只是假如，事实上，在高禧生命的关键时刻，他遇到的是好心的人，具有爱心的人，无私的、默默奉献的人们。是他们给予了他重新享受阳光、雨露的机会，是他们给予了他珍惜自己、热爱世界上所有生命的机会。

一种至诚至真的感恩之情，涌上他的心头。

看待事物的角度不同，对待生活的态度也截然不同。他觉得这个世界上，所有的所有，都是那么美好；每天的每天，都是那么充满阳光。幸福的感觉，就像花儿一样在他内心深处绽放。他时常觉得，自己内心深处产生着一种强烈的、拥抱生活的激情！

第十九章

建强势能力集体

2009年，高禧抽出时间，参加了由清华大学举办的企业总裁研修班。期间，他完成了论文《打造强势管理团队，构建企业能力集体——关于推进企业管理团队化的思考》。

“人走到一起是团伙，心走到一起才叫团队。”他认为，团队是由员工和管理层组成的一个共同体，两者相互作用，相互依赖，为了特定目标而按照一定规则结合在一起的组织。团队强调集体绩效，主张个体的技能相互补充，集体的智慧发挥效应。

对此，高禧在企业高层管理者任用上有三点要求：一要具有正直的人格魅力；二要有放眼世界的战略思维和善于用人的胸怀；三要能为企业塑造良好的企业文化并与时俱进。在具备以上三点的基础上，还应在不断学习中，提高自身素质。

“只要你具备了‘忠诚敬业、主动进取、追求完美、乐在工作、心灵富足、学会感恩’这些品质，世界会给你以厚报”。高禧信奉世界经济学家哈伯德说的这句名言。

高禧认为，企业管理团队是企业管理集体的统称。企业管理集体包括高层管理者、技术人才、中层管理者、基层骨干员工。作为一名企业高层管理者，做事要敢为人先，做人要敢为人后。大事难事看担当，顺境逆境看襟度，临喜临怒看涵养，群舍群得看智慧，做大做小看格局，可快可慢看点悟，是成是败看坚持。同时，在具体工作中要体现一种总揽全局、深谋远虑的业务洞察力；一种不拘一格、具有突破性的思维方式；一种“设定目标，坚定不移”的态度；一种雷厉风行、快速行动的管理风格；一种勇挑重担、敢于承担风险的工作作风；最关键的是要有一颗忠诚之心。作为一名企业高层管理者，只要你具备忠诚敬业的素质，就能胜任本职工作，就会有大局意识，就能团结协调解决好工作中的一切问题，赢得大家的信任，赢得大家的认同。

在企业班子思想建设上，高禧强调班子内部的团结协作意识；在班子能力建设上，他注重结果导向。他常说，人与人能在一起共事，是一种缘分，就要倍加珍惜这种缘分。生活上要相互关心，工作上要多加支持。要团结协作，多帮忙，少添乱；多鼓励，少指责；多合作，少挖坑；形成一种团结友爱，齐心干事的良好局面。人与人能在一起干事，就要少说多干，解决实际问题，用心干事。要扎实干事，做推动企业发展的实干者；要清醒干事，做企业利益的维护者；要干净干事，做廉政建设的促进者。要把小事办实。只有把小事办实，小事办精，才能积沙成塔，积水成河，积土成山，成就大事。要把急事办妥。要学会“弹钢琴”，分清轻重缓急，逐项突破。要把难事办好、大事办成。要增强把握大势、驾驭全局的能力，要眼中时时看着事、心里时时想着事、手上时时做着事，集中精力抓大事、谋大事、成大事，抓住对企业发展具有显著效益的重要工作寻求新突破，俯下身子抓好落实，才能保证各项目标任务的顺利完成。

“做好本职是合格，服务支援是良好，反省改进是优秀。”这是高禧提出的企业团队理念。他认为，要牢固树立团队意识，个人优秀不算优秀，团队优秀才是真正的优秀。做好本职工作只能说你是一名合格的员工，相互支援、共同发展才是良好的团队，真正的优秀的团队是不断发现、反省存在的问题，持续改进，做到精益求精的团队。

“总经理要切实履职，当好班长。”高禧认为在企业里，总经理层的人格魅力是影响班子好坏的重要因素，总经理层要当好班长，带好头，才会带出一个好的管理团队。他形象地比喻，企业如一艘大船，企业管理就是一张捕鱼的大网，总经理是大网的钢绳，一拉钢绳能不能捕到一网鱼，关键是看有没有拉好这根网绳。

高禧强调，总经理要深知企业班子中“班长”的地位和作用，要以身作则，率先垂范，带好一班人，带好全体职工，把企业办得更好。要总揽全局，协调各方，积极、稳妥地抓好全盘工作，使领导班子既有集中，又有民主，既有纪律，又有自由，既有统一意志，又有个人生动活泼的氛围。在搞好班子协调上，总经理要及时了解和掌握领导班子成员的思想情绪，要调整自己的情绪，平衡心态，营造良好环境，充分调动领导班子成员的积极性。注意发挥好每个班子成员的积极性，发挥每个人的优势，使每个成员都感到自己有用武之地，有成就事业的希望。在班子内部形成团结向上，带领员工干事业的领导集体，要关心人、体贴人，使员工感受到手足情、同志爱。在抓好企业管理上，总经理要用好人，协调好内外部关系，数据说话，结果导向。要营造良好的企业发展生态环境。协调好内部关系，形成风正气顺干事创业的环境；协调好上下级关系，提高运作效率，降低运作成本，做到管理出效率。要支持副总经理干好工作，将其特长与热情和工作的需要结合起来，建立一个良好的能力与发展需求的评估体系，管数据，看结果，奖优罚劣。

“副总经理要尽职尽责，凝心聚力抓管理，聚精会神抓生产，全心全意提效益。”高禧强调，副总经理在项目管理中，要预见式管理，把矛盾解决在事发之前；要跟进式管理，把问题消化在萌芽状态；要服务式管理，在管理中解决通病。在生产经营中，要尽职尽责，突出安全、质量、效益三个重点。

“打造强势管理团队，是为了构建能力集体，实现团队化管理，提高企业的整体管理水平，提升企业的效益。”高禧认为，建筑市场竞争日益激烈，施工行业的利润也越来越低，为使建筑施工企业在这种竞争激烈的环境中获得生存和发展，企业就必须全方位提高管理水平，打造好强势的管理团队、业务精湛的人才队伍、敢打硬仗的骨干员工队伍，最大限度地降低成本，使利益最大化。

高禧惜才如金，是因为从创业到发展的整个历程中，这些留得住、用得上的各类人才为企业的腾飞搭建起了登天之梯！

“给利益、给空间、给尊严。今天的兵，明天的将。”在高禧的这个用人理念指导下，甘肃再就业建设集团主张“赛马不相马，人人是人才”的用人原则，不断激活人的内在活力与激情。

企业在引进人、培养人和任用人等方面明确告诉员工，企业给你给生活的条件，给发展的空间，给工作、学习晋升的机会，擂台上展个性，舞台上显共性，最终成果决定你的价值。如果你忠诚、专业、勤奋、阳光，今天是兵，明天就是将，你将得到更加广阔的发展舞台，企业将按照你的贡献决定你的位置、薪酬。

在吸引人方面，主要依靠成果导向的薪酬原则，一流的学习成长环境、无限大的发展远景、公平公正公开的晋升空间、优秀的企业文化氛围、成熟先进的管理系统、领导人的人格魅力、配股增股的激励计划和给予相对应的掌控权力等方面，将不遗余力地坚守与推行。

在选人方面，秉承岗位是选人的首要标准，同时企业在不同的发展时期，即使同样的岗位，为了顺应发展的需要，选人的标准可适当做出改变，而且要兼顾岗位的特殊性，在选人方面可以拟定出特殊性的标准。

在选人的性格特点方面，根据企业所处的行业特性及倡导的文化导向，要多选择外向型、亲和型、情绪稳定型的人才。在资格认定上，要充分关注其态度、专业能力、学习能力，更要特别关注所招募人才是否具有稳定性，因为稳定性所引发的正面影响对团队的推动是巨大的。

在选人的流程上，要坚信只有选对人，才能做对事的观念。宁愿在选人上多投入时间，也不要留在公司的人无所作为。选人时要按照企业的招聘流程进行严格筛选，优中选优。

在用人方面，明确主张用积极正面带动的人、用帮助公司赚钱的人、用帮助公司省钱的人、用帮助公司赚取资源的人。同时，强调多用理念引导成长，用其特点发扬长处，用授权的方式磨砺进步，用接班人计划使企业人才辈出。

在育人方面，以“造物先造人，造人先造己”为指导思想，结合每位同仁的特点，帮助其规划个人职业生涯，并进行个性、持续的培育。

在企业的管理方向上，坚持以奋斗者为本，更加体现企业优胜劣汰的用人导向，体现创业贡献、求实创新、爱岗敬业、诚信互助、合作共赢的企业精神，体现成果定价值，贡献定薪酬的企业薪酬理念。打造公平、公正的干事环境，帮助员工成长，让大家明白双手改变命运。

在管理原则上，坚持目标导向、科学管控、责权利挂钩。目标确定后，就要以目标为导向，一切为实现目标服务，不讲过程看结果，过程不等于结果，解释不等于结果，依靠科学管理，严格控制成本，最终责权利挂钩，奖优罚劣，按制度办事。形成“成果决定价值，贡献决定薪酬”的薪酬理念。从本质上体现企业核心价值观，通过薪酬激励体系，实行薪酬激励机制，表明在企业内部“激励什么，反对什么”的思想，成果的大小决定价值的大小，贡献的多少决定酬薪的多少，使“多劳多得，少劳少得，不劳不得”的市场经济体制下的分配原则在企业内部得到充分体现，达到强化企业核心价值观的目的。

“我们珍爱在企业工作过的每一个同仁，视之为企业最宝贵的资产。”高禧不仅善于选才、用才，十分珍惜人才，而且他还给企业内的每位员工设计了一个“好报造就好人”的激励政策，以企业生生不息的文化给所有的员工创造一种快乐美好的感觉，满足其精神上的深层需要。

“态度改变命运。”

“你的未来你决定。”

“执行就是不折不扣地拿到成果，让自己成为成果的缔造者，成果彰显人生的尊严。”

……

高禧多次在职工培训演讲时说，为什么有的人看似能力平平，却总是好运垂青；为什么有的人看似出类拔萃，却业绩平平？因为这个看似能力平平的人，十分珍惜企业对他的信任，工作中遇到问题和阻挠时，他会全力以赴地去解决，对于公司的计划，执行起来他没有任何借口，用心去做好每项工作，并从工作中得到快乐，所以他就能获得成功。而看似出类拔萃的这位呢，工作中总是讲客观、找借口，心中唯有“自大”与“自我”，不珍惜企业给予的信任，总认为这件事情离开了自己别人干不了，结果在“自大”与“自我”中怨声载道，错过了一次又一次成功的机会，所以他不可能获得成功。

“态度决定一个人的出路，态度决定一个人的未来，态度也会改变一个人的命运。”高禧说，“人与人之间只有很小的差异，但这种很小的差异却往往造成了巨大的差异！很小的差异就是所具备的心态是积极的还是消极的，巨大的差异就是成功与失败。”

高禧常常给员工讲述这样一个故事：

80年代初期，有两位青年外出打工，他们的工作是随地质勘测队的工作人员在沙漠地带找矿。

在那里他们住的是帐篷，而且十日半月不见人影，还要忍受高达30多度的高温，孤独的日子让他们度日如年。无奈，他们两个都给自己的父亲写信，希望自己能回家。

等了一个月的时间，其中一位的父亲千里迢迢来到沙漠，把儿子带走了。另一位的父亲给他寄来一封回信，信中父亲既没安慰儿子，更没有让他回家的意思，一张薄薄的信纸上只有短短的几行字——两个人从监狱的铁窗往外看，一个看到的是地上的泥土，另一个看到的却是天上的星星。

刚看到这段话时，儿子很生气，但经过琢磨他终于明白——抱怨、忧愁的根源在于总是习惯低头向下看，看到的只能是地上的泥土。而我们的生活中除了泥土，还有满天星辰，为什么不抬起头，享受星光灿烂的世界呢?

此后，这个青年开始主动寻找工作，在工作中寻找乐趣，体味着生活给他带来的一切。

这些变化使他每天都仿佛沐浴在春光之中，每天都给他带来欢乐。五年后，他成了这支勘测队的队员，如今他成了这家勘测队的副队长，年收入数十万元，坐上了豪华轿车。而随父亲回家的青年，如今在家乡小镇上以修鞋为生，一天不出摊就为生计犯难。

这个故事说明了一个道理，做一个优秀的人并不难，只要选择积极正面的态度。他告诉大家，人还是原来的人，环境也还是原来的环境，但是人的生活状态却发生了巨大的变化。为什么？态度不同，周围的世界、你的生活也会变得截然不同。这就是态度的力量，它可以改变人生。

其实，在职场中，也能经常见到这样的情况：一起到同一家公司工作的人，同样的起点，但几年之后有的人成为公司的骨干，受到老板的器重，有的人却一直碌碌无为。美国心理学博士史各特说：“决定成功与失败的因素，态度比能力更重要。”哈佛大学的一项研究也表明：成功、成就、升迁的85%取决于人的态度，而仅有15%取决于专业技术能力。

做人处事的态度，影响人的行为，体现着一个人的志向、能力、品德。在长期的企业管理实践中，高禧把企业员工概括为主动型、本分型、逃避型。他认为，主动型员工，充满激情与干劲，他们会全身心地投入到工作中，不怕吃苦，勇于创新；本分型员工，让做什么，就做什么；逃避型员工，在工作中要小聪明，想方设法少干点事。

他说，第一类员工态度好、能力强，是“人才”。这部分人属于优等级，到哪里都会给企业带来财富，给企业做正面宣传，能为公司带来活力，是企业宝贵的财富，也是企业要重用的人，升职加薪都少不了他们。第二类员工是态度好，但能力尚需提升的，他们也是“人才”。这部分人需要加强引导和培训，发挥其特长，必要时调换适合的岗位，只要始终保持积极正确的心态，总能展现其“闪光点”，变成企业中的“人财”。第三类是态度差、能力差的“人裁”。这部分人是废品，能力不强又不学习，没有业绩又不出力，同事帮助又不领情，不上进又破罐子破摔……这类人，多数同事都不愿与其共事，往往处于十分尴尬的境地，这类人是企业首先要裁掉的人。

高禧把态度差、能力好的员工归为第四类，是“毒品”，企业要慎用。因为这部分人虽然能力强，但工作态度不端正，关键时刻可能会背信弃义，损人利己，因此，你无法判断他能给公司带来的是财富还是灾难。所以这类人可以“利用”但不能重用，在企业中不能担当重要职位。

有什么样的态度，就有什么样的人生，态度决定你是成为公司中的“人财”，得到重用，还是变成“人裁”，最终被企业裁掉。

“发展自我，奉献社会，传承百年基业，企业在社会上具有影响力，员工生活得更体面、更有尊严。”这是高禧的企业终极目标。他说，这是他创办企业的为人处世态度。

活着与活好之间，孕育着无限的哲理。高禧说，活着是一种生理现象，“更体面、更有尊严地活着”是一种态度。有什么样的态度，就有什么样的人生。要想活出精彩人生，必须不断调整自己的态度，不断做出努力。每个人在有限的生命中，不应只满足当一天和尚撞一天钟的生活，而要用一颗拼搏进取的心来充实自己的生命，让人生奏出一曲美丽的乐章——活就要活好。

地图虽小，可窥全貌；人心亦小，海纳百川。细细一品，高禧先生的这个企业终极目标极富有人情的味道，寥寥数语，折射出高禧感恩社会的情怀，使人感到很温暖。同时，也极具吸引力，成就了高禧的事业。目前，甘肃再就业建设集团现有职工4580人，各类技术管理人员341名，其中高级工程师15人，工程师90人，助理工程师和技术员147人；高级会计师1人，高级经济师1人，会计师7人，经济师48人，其他经济类管理人员33人；注册建造师68人（其中一级注册建造师30人）。

可以毫不含糊地说，高禧之所以在潮起潮落的市场竞争中技压群芳，人才荟萃，源于他真情吸引人才、精心培育人才、合理占有人才、恰当使用人才的用人观和企业建立起的人才储备体系。

人才是企业获得生存和发展的最基本也是最重要的因素。

这些年，甘肃再就业建设集团先后被授予全国就业与社会保障先进民营企业、全国“守合同重信用企业”，连续15年被甘肃省、武威市工商行政管理部门授予“守合同重信用企业”，连续13年被甘肃省住房和城乡建设厅、甘肃省建筑业联合会评为“三优一文明”企业，连续5年被甘肃省建筑业联合会评为“五星级甘肃省建筑业诚信企业”等。

第二十章

改革创新再跨越

伴随着我国经济建设的快速发展和固定资产投资规模的不断增大，施工企业在国民经济和社会发展中的作用日益增强。

改革开放以来，经过三十多年的发展，随着社会的发展和进步，人们对建筑工程质量、施工安全的要求越来越高，为了适应市场经济发展需求，建筑施工企业需要加快改革进程，以规模化经营来占领市场，以精细化管理来追求效益。建筑施工企业改革是形势变化的需要，势在必行。

计划经济时代，政府是市场的主体；社会主义市场经济时代，企业是市场的主体。建立以工程总承包、专业承包、劳务分包为主要格局的工程建设队伍，旨在规范建筑施工市场主体，把企业生产经营资源的配置权还给企业，是为了提高企业经营效益，让企业生存下去，发展壮大。为此，国家制定出台了以建筑施工市场为主体的建设行业发展政策，以市场化的手段，淘汰效益不高，没有市场竞争力的中小建筑施工企业。

政策，是机遇，更是挑战。

“市场经济的法则就是大鱼吃小鱼，快鱼吃慢鱼，优胜劣汰。”高禧说，作为企业家就要具备超前的眼光，睿智的思维，科学的决策和惊人的胆识与魄力。要醒得早，还要动身早，只有这样才能干成事，干好事，干大事，否则，就会被时代所淘汰。

“积极参与建筑企业改革，是我们做大做强的必然选择。”高禧清楚地认识到，在这个关键时候，如果不在改革创新中崛起，就会被市场淘汰。他认为，甘肃再就业建设集团面临着管理、技术团队还不强，企业规模不大，市场占有份额不多，无法满足大市场的需求的现实问题。

同时，他也庆幸，经过这些年的发展，甘肃再就业建设集团已经完成了原始资本的积累，企业拿到了走向建筑大市场的“通行证”，企业资质晋升为房屋建筑工程施工总承包一级、市政公用工程施工总承包一级、钢结构工程专业承包一级；公路工程施工总承包二级、公路路面工程专业承包二级、公路路基工程专业承包二级、机电安装工程施工总承包二级、建筑装修装饰工程专业承包二级、水利水电工程施工总承包二级；起重设备安装工程专业承包三级和金属门窗工程专业加工制作安装。同时，企业已通过了ISO9001：2008、ISO14001：2004、GB/T28001-2011“三标一体”国际标准管理体系认证。形成了甘肃再就业建设工程（集团）有限公司以房屋建筑工程、市政公用工程、钢结构工程、公路工程、建筑装修装饰工程、拆除工程、机电安装、起重设备安装、金属门窗加工制造为主营；甘肃再就业建设（集团）水利水电工程有限公司以水利水电工程为主营；甘肃再就业建设工程（集团）房地产开发有限公司以房地产开发、销售为主营；甘肃再就业建设工程（集团）物业管理有限公司以物业管理为主营，兼营机械运输、建材销售、门窗加工制作、天晟商贸、建安宾馆、润发洪源酒店等第三产业。集团化企业已初具规模。

所有这些，为企业在改革创新中崛起，奠定了一定的基础。

高禧坚信，只要积极投身改革，适应新形势下的新环境，奋力而追，企业就一定会在改革创新中，得到持续快速发展。

他分析认为，我国的建筑企业可以说是处处可见，但都是多而不精、大而不强。根据住房建设部统计，目前全国具有施工总承包一级资质的企业不足5000家。

从企业资质等级上看，存在着结构不合理、整体水平不高等问题。从企业的数量、从业人数和产业工业化水平来看，企业的管理模式和管理水平，属粗放式管理。

总体来说，全国建筑施工企业的整体水平同发达国家同行业相比还有较大差距。同时，由于市场环境不规范、行业政策缺失等因素，施工企业长期处于恶性竞争状态，许多建筑施工企业不得不把争取最大的市场份额作为弥补产值利润低下，甚至亏损的主要手段。

过低的产值利润率使得企业没有资本积累，长期处于低层次经营状态；技术创新投入和技术积累严重不足，企业的核心竞争力不强，可持续发展的基础不坚实。只有深化改革企业内部治理结构，完善管理运行体系，健全现代企业制度，才能使企业在改革中快速发展。

基于此认识，高禧带上他的助理，赴北京、上海、贵阳、西安等地取经学习，并有针对性地选派企业高管参加商学院的培训。他先后多次参加清华大学、北京大学、中央党校的培训学习，学政策法规，了解国内外经济发展环境；参加慧聪商学院、世华商学院、太平洋商学院的培训学习，学企业管理经验。他放弃节假日，远赴美国、法国、德国、日本、新加坡等世界发达国家，考察学习国内外企业管理发展之道。

他还多次与阿里巴巴创始人马云、蒙牛乳业集团创始人牛根生等中国商界管理精英面对面交流取经。参加亚洲教育培训界顶级大师，被誉为“亚洲第一名嘴”讲师张锦贵的培识，参加实战型企业管理培训师李践、郭凡生、姜岚昕、严介和、刘一秒等组织的企业管理实战、实训、实操培训，深入国内外知名企业考察、培训、学习，借鉴成功企业先进管理经验，启迪开发改革思路。

结合企业的实际，经过广泛征求全员的意见，高禧提出了“虎狼结亲，规模经营，科学管理，效益为先，做大做强”五句话，二十个字的企业改革创新方针。

“就我们企业而言，虽然属于国家施工总承包一级企业，但是管理上还很松散，规模上还很小，效益也不高。”他说，要抢抓国家深化建筑施工企业改革的机遇，必须要推进二级法人实体建设，资源用智慧优化，资本用智慧放大，走虎狼结亲，做大做强，规模经营，赢在共赢的改革发展之路。

他认为，要实现规模经营，就要无限放大无形资本。最有效的办法就是虎狼结亲，在相互并存中，求得共生共荣。

“虎狼结亲要把握好关键，必须是虎和狼。不是狼和羊。”他强调，市场上要强强联手，不能以强带弱；要共同占领市场，更不能以强欺弱，称霸市场；要在相互并存中，求得共生共荣、赢在共赢。

当初，提出这个改革思路，并不是全员赞成。尤其在高层管理者队伍中，就有人质疑：“能行吗？”

“太平洋建设集团是我们推进二级法人实体建设学习的范本。”

中国太平洋建设集团是一家以基础设施投资与建设为核心产业的大型企业集团，拥有国家公路、市政、水利等多个总承包一级资质及若干专业一级资质。在中国城市化、城镇化、城乡一体化的进程中，太平洋建设融资源、智慧、资本于一体，成为中国最大的城市建设运营商。

太平洋建设集团先后参加了沪宁、沪珠、京沪、京港、连霍等高速公路，以及江阴长江大桥、南京地铁、太湖整治等多项国家、省重点工程项目建设。在国内首创并实践了BT模式，并以BT、BOOT等形式直接参与国内500多个城市、上千个园区的投资与建设，工程项目遍布大江南北。

太平洋建设集团成功的经验就是秉承“虎狼结亲，创造财富，完善自我，赢得共赢”的企业宗旨，跻身于中国民营企业500强前10

强，中国大企业集团1000强前50强。

“太平洋建设集团始建于1995年。甘肃再就业建设集团创业于1982年，组建于1998年。两家企业的规模和发展速度能比吗？”

高禧的问题，没有人回答。

“太平洋建设集团成功的经验为建筑施工企业做大做强创造了成功的样板，是我们学习的范本。”

“机遇对待每个人都是公平的，关键是你能不能去抓住它。人生短暂，机遇稍纵即逝，唯有抢抓机遇才能成功。”

高禧以事实再一次说服了持有异议者，统一了企业内部的思想。

心有多大，舞台就有多大；胸怀多大，事业就有多大。

“思路决定出路”。企业有什么样的思路，就决定企业有什么样的出路。

“不在家里争食吃，开辟外埠新天地。”兰州办事处、银川办事处、新疆办事处、嘉峪关办事处……这些年，高禧强力推进企业二级法人实体建设，进一步转变观念，破除畏难情绪和惰性，实施积极的“走出去”战略。

随着改革的逐步深化，独立项目部（二级法人实体）应运而生，数量和实力都快速壮大。高禧根据独立项目部（二级法人实体）的实际业绩，提升他们的政治待遇，达到高层管理水平的，独立项目部（二级法人实体）经理就晋级为集团公司副总经理。如果在某一地区，管理者有驾驭全局的能力，就任命独立项目部（二级法人实体）为地区总经理，全面负责各项工作，集团公司全面提供服务。

独立项目部（二级法人实体）在集团公司，不但有建议权，而且具有参与管理的权力。集团公司加强独立项目部（二级法人实体）管理，每年年终要从德、能、绩三个方面进行考核。德：主要考核独立分公司负责人、分公司是否遵纪守法、是否受过建设主管管理部门的处理，是否严格遵守集团公司的各项制度，是否做过有损于集团公司形象的事情，在社会上的口碑如何等。能：主要考核工作业绩、工程质量、施工安全、施工进度以及其他方面的处事协调能力等。绩：主要考核分公司效益、员工工资发放、社会影响、集团公司管理费用缴纳情况。考核分为优秀、合格、不合格。对优秀者，根据集团公司规定给予奖励，并优先支持发展；对考核合格者，加强管理、督促，支持发展。对考核不合格者，坚决从集团公司的队伍中清理出去。通过优胜劣汰，独立项目部（二级法人实体）实力快速增强，涌现出了一批自身能力强、管理有方法、工作作风踏实的骨干项目部经理。

通过深化企业改革，推进二级法人实体建设，甘肃再就业建设集团形成“产权多样化、结构公司化、经理职业化、管理法制化、决策科学化、运作规范化”的企业运行模式，致力于打造跨行业、跨地区经营的企业集团，增强抵御风险的能力。

高禧通过坚持不断地深化改革，不断地去完善自我、超越自我，形成了企业的组织架构：项目经理负责制，组建大部制，实施“一线管理法”跟踪式管理。

项目经理负责制是指在项目建设全过程中，用以确立项目承包者与企业、职工三者之间权、责、利关系的一种管理手段和方法，它是以工程项目为对象，以项目经理负责为前提，以设计预算为依据，以创优质工程为目标，以项目合同为纽带，以求得最终产品的最佳经济效益为目的，实行从工程项目开工到竣工交付使用的一次性全过程的经营管理。

组建大部制是为推进企业管理事务综合管理与协调，按企业综合管理职能合并部门，组建大项目部，对小项目实行公开、公平、公正的劳务分包招标，公司的中小项目部可以参与竞标，在同等条件下优先安排。组建大部门的组织体制对机构、职能、编制、人员和运行机制进行系统整合，进一步优化企业运行机制，最大限度地避免职能交叉、管理环节中间隔层，执行不畅，多头管理等问题，从而提高工作效率，降低管理成本。

“一线管理法”是指总经理层在一线指挥，问题在一线解决，决策在一线落实，思想在一线创新，经验在一线总结，能力在一线提高，形象在一线树立的跟踪式管理方法。

完善的法人治理结构，健全的现代企业制度，独特的竞争优势，不断创新的企业文化，推动企业的快速发展。到2015年，集团公司共有项目部26个，其中集团公司直属项目部16个，独立项目部（二级法人实体）10个，独立项目部（二级法人实体）占集团公司项目部总数的38.5%，年完成的建安产值占集团公司总产值的44.3%。占总项目部38.5%的独立项目部（二级法人实体），年完成建安产值达到了企业总产值近一半的任务。

建安产值的多少，决定着建筑施工企业利润的大小。

办企业的人都明白，管理三分之二的项目部与管理三分之一的项目部相比较，三分之二的管理成本一定要高得多。

事实胜于雄辩。

谁也不可否认，这些年，通过改革创新，甘肃再就业建设集团管理的体制进一步理顺，工作机制进一步激活，各项目部经理争先创优的意识和执行力明显增强，基本做到了有令必行，令行禁止，涌现出了一些自身能力强、管理有方法、工作作风踏实的骨干项目经理，在企业内部培育出一批真正的“第二代老板”。企业的吸引力、凝聚力、向心力明显增强，企业年产值与十年前相比较增长了20倍。

第二十一章

力推股改显胸怀

“股份制改革，激发了内部活力。”说到企业股权体制改革的益处，高禧满脸的兴奋。

慧聪国际董事局主席郭凡生，把家族式企业的股权改革称之为：企业家追求完美人生的德行艺术，是帮助别人挣钱的高尚艺术。高禧朴素地认为，股权改革的本质是企业家的人性、思想、情感等众多精华的凝结，他把企业家对生活的热爱，对亲朋的感恩，对事业的追求融入到变革当中，抛弃的是自私和狭隘，得到的是人格的升华。

他认为，通过股权激励改革，首先，要让员工分享企业发展的成果，提高归属感和凝聚力，从而达到企业与员工目标同向、思想统一、执行同力、事业同荣，留住人才，激励人心，持续发展，使员工得到更多的利益，把企业的事情当做自己的事情去做，把企业做大做强。其次，更好地发挥管理层的积极性，让企业高中层真正感到自己是企业的主人，提高他们的主人翁意识，保持团队的高效稳定。再次，通过股权激励，让员工有盼头、有希望，增强凝聚力，提高执行力，激发创造力。最后，筑巢引凤，吸纳优秀的人才，打造积极、高效、专业、敬业的团队，实现公司的战略发展目标。

简言之，通过股权激励机制改革，激发企业的新活力，有利于做大做强企业。

企业家是企业中最核心的竞争力。

企业家有产权、有经营管理权，还必须要有企业家精神。把企业做大做强是所有企业家的追求与梦想，它体现着企业家的精神和社会责任。

改革开放以来，中国民营企业家在自己富有的同时，也在造福社会。他们在主观为自己的同时，客观为社会作出贡献。

高禧认为，企业家最终追求的不应该仅仅是物质财富，还应该追求自己价值实现的精神财富。

著名经济学家、央行货币政策委员会委员李稻葵在中国民营企业峰会上曾经说过，经过30多年的发展，全国民营企业占企业比重85%以上，占GDP的50%以上，解决了80%以上的就业。

民营企业家经过艰辛的创业、发展，有自己的实践，也有自己的思考。从第一天创业开始他们就知道，如果完全按照别人的模式发展，这是不行的！他们学习先进，但不崇洋媚外，更不去依赖别人，他们在创造着适合自己企业生存、发展的管理模式。如果说，冒险是企业家的天性，那么，创新则是企业家的灵魂。

高禧生于农村，长于农村，经历了农村的改革。他说，当年，在人民公社时期，农村打的粮食不够吃，原因是大家吃大锅饭，没有激励机制。农村实行包产到户的体制改革后，打下的粮食不但农民自己能吃饱，还能卖余粮，原因是“交了国家的，留够集体的，剩余全是自己的”这一激励机制起了重要的作用。

“如何让员工干企业的活就像干他们家的活一样的勤劳敬业，就需要建立像农村改革一样的充满活力的激励机制。”高禧说，面对市场的竞争，面对企业间的竞争，传统的管理靠经验，靠老板的聪明才智；科学管理一定要靠管理的制度，包括企业决策制度、财务管理制度、审计制度、战略的制定和激励制度，等等。

“没有合理的激励制度，再好的管理制度也没有意义。”高禧认为，激励制度的核心是调动人的积极性。激励制度做得好，人们就愿意努力干；激励制度做得不好，人们就不爱干活。

事实告诉人们，企业股权改革是实现企业员工干起工作来，就像给“自己干活”一样卖力，它是最有效的激励制度之一。

慧聪网成立于1992年，是国内领先的电子商务服务提供商。但是它在1991年6月初创时，只是一本《中国商情快报·家用电器》——它在当时还不是合法出版物，是在会员企业范围里派发的内部交流资料。

后来，慧聪又向电子商务发展，经历了无数风风雨雨，艰难坎坷，连续十六年的持续发展，现已成为中国对电子商务的发展具有革命性影响的企业。

主要原因到底是什么呢?

有人说，是因为创业者郭凡生很聪明。

郭凡生却说，慧聪能够持续发展，围绕产权的制度创新才是根本。

1992年10月郭凡生创立了慧聪公司，章程规定：公司每年有30%到40%的利润用于分红，而分红利润的70%要分给公司不持股的员工。

这个制度实施之后，第一年，员工是瞪着惊呆的眼睛看着公司给大家分钱。有一位员工分到三千多元钱，那个年代这笔钱相当于一位县级干部的年工资，他兴奋的夜不能寐。第二年，员工是企盼着还能分钱，结果依然分钱了。第三年，员工是瞪大了眼睛监督，看公司分钱还是不分钱。挣了钱，大家一起分。你不是给企业老板干，你是给自己干。

这种制度在慧聪成长过程中起到了至关重要的作用。让员工拥有70%的受益权，吸引了很多人到公司来，使慧聪迅速发展。

2003年年末，慧聪完成了在香港的上市。慧聪上市，公司产生了126个百万富翁。这从根本上改变了公司的治理结构。劳动股份制虽然可以使员工分红，但是他们不拥有公司的资产，不拥有公司的股权，员工的分红权不能够继承，不能够转让，只是拥有可以分红的一种权力。但是公司上市以后，这126个人的大多数，其股权带来的收益远远高于工资收益，公司的股票涨，他们手里的财富就增加。这样，他们在公司成为拥有所有权的人，他们又是公司的管理人员，有管理权，他们大多数也具有了企业家精神。这就组成了企业家团队，带着公司往前发展。

学习的目的在于应运。学以致用，用以促学，学用结合，方能见到实效。

为了实现“发展自我，奉献社会，传承百年基业，企业在社会上具有影响力，员工生活得更体面、更有尊严”这一企业终极目标，高禧学习借鉴业界先进的管理办法，在企业内部推进股权激励机制改革。

高禧决定拿出企业注册总资金的10%（500万元），根据员工对企业贡献的大小或在企业中担任的职务免费配赠身股，享受企业年底分红，在10到15年时间内，让企业内产生一批百万富翁，造就一批创业者。

2012年，《甘肃再就业建设集团股权改革方案》经过成长型企业股权激励方案班（北京）的专家会审，经集团公司股东大会股东审议表决通过，并逐步开始实施。

“民营企业推进股权改革，是让员工把企业的事情当做自己的事情去干的一种有效激励机制。”高禧说，企业要更好地发展就必须走股改这条路，股改也是企业走向资本市场的前提。

由于所有权与经营权分离，在改革之初企业会经历阵痛，但是这之后能给企业带来许多好处，拓宽融资渠道只是一个方面，最关键的是能促使企业向现代企业转变。

通过股权的改革，企业员工分享到了企业发展的成果，企业的软硬件管理都会渐渐规范起来，从上到下大家会凝聚成一条心，一齐为企业出力，企业管理层、核心技术层的员工有盼头、有希望，企业增强了凝聚力，提高了执行力，激发了创造力，形成了千斤重担大家挑的格局。

“股权改革是管理好企业的伟大艺术，它体现着企业家的宽阔胸怀。”高禧思维敏捷，认知深远。他认为，推行好股权制度改革，要领悟“舍、退、给、让”四个字的深远意义。

舍是得，有舍才有得。

在人们的语言习惯中，“舍”与“得”经常是联在一起用的。舍得，舍得，不舍不得，小舍有小得，大舍则大得，不舍则不得。这就是“要想取之，必先予之”。可是，世上总有人常常只想取之，不想予之；只想得，不想舍，贪得无厌，最后的结果是失去更多。所以，“舍”是“得”的前提，敢“大舍”的人才能“大得”。

“世上有很多人最舍不得的就是‘我’。心中只有‘我’，抓住权力不放，这样他能不累吗？而这也将阻碍企业的发展壮大。”高禧说，敢舍愿舍，就像一个人松开树枝，解脱自我，那么他就得到一个全新的“我”，这就是“舍得”的智慧。懂得授权，因为在你“松手”舍弃自我的一瞬间，在你做到了一般人都不敢大舍的举动之后，你提升了自己，达到了另一种高度，同时也成就和成全了下属，你就进入了另一种境界。

退是进，退一步是为了进两步。

“知退”和“善退”是企业管理过程中不可缺少的艺术。

“以退为进，如果你培养了更多的总经理，你就可以当董事长了。如果你能退出20%的股份，等于就激发了20颗为你奋斗的心！”高禧说，适度退让，在许多场合都不失为一种争取主动、扭转时局的上策，也是领导者必备的谋略之一。

只有知道进退、善于进退的企业家，才能运筹帷幄，妥善解决矛盾，使事物朝着有利于实现自己预期目标的方向发展。

给是拿，先给才能拿。

高禧认为，企业是依靠全体同仁来创造利润的，而要持久获得利润，企业家就要舍得从获利中分出相当一部分来给同仁，作为他们辛勤付出的奖励。

那些只想自己赚钱而对同仁苛刻的企业家肯定不能获得持久的成功，适当的奖励措施能让优秀的人才自动自发地把企业的兴衰与自己的利益紧密联系在一起，他们不会对企业产生失落感，不会有“企业怎么发展都与我没什么关系”的想法。

企业家就是要给同仁种下“希望”的种子，种子撒得越多，希望就会越大，而同仁工作的积极性也会不断高涨。中国有句古训叫“财散人聚，财聚人散”，所以作为企业领导者，一定要有这样的观念——“给”是为了“拿”更多。所以，如果你多奖励，员工就会充满动力；如果你一味地提要求，却不知道给予，员工就会非常抵触。

让是取，“让”得多，才能“取”得多。

什么叫让？

高禧讲了一个颇有哲理的小故事。

一次，下雨天坐飞机，乘客不想被雨淋都想快速登上舷梯。大家争先恐后一起上，谁也不让谁，结果堵在舷梯口谁也进不去。这个时候，一位先生跟对方说“您好，您先请”，对方就不好意思了，说“您先请”，先生说了声“谢谢”，就先进去了。

小故事，折射大道理。这就是“让是取”的哲学，“让”的目的是为了“取”。

实际上，礼让的时候，你也在引发别人礼让；争抢的时候，你也在引发别人来和你争抢。如果在企业里什么都要争，它将会让内部纷争不断，这样怎么可能使企业快速成长呢？

当人们在“让”的时候，才是“取”的时候。如果能够舍得“让”，把更多的物质和精神奖励给优秀的企业同仁，那些为公司作出贡献的同仁就会对公司忠贞不渝，也就不会总想着离开了。

“企业家的主要工作，是让大家愿意跟你干，这不能光靠说好话，要有一套能够激励创造性的制度。让他们知道，跟你干，他们都有希望。人们相信了你，你就能走向成功。”高禧说，民营企业通过股权改革，让企业管理者、技术人才等占有一定的股份，把自己的利益与企业的利益紧紧联系到一起，让企业里越来越多的有才华、有能力的人，真正感觉到他们是给自己干。目前，甘肃再就业建设集团下岗职工再就业的稳定率达98%。

第二十二章

参政议政勇担当

2006年，党的十六届六中全会上，中共中央首次明确提出：“推进新经济组织、新社会组织党建工作，扩大党的工作覆盖面，发挥基层党组织凝聚人心、推动发展、促进和谐的作用。”

不到一个月，党的十七大文件首次特别规定，省区市要有适当数量的“双新组织”党员代表。而党员民营企业家，正是“双新组织”代表所指的最主要组成部分。

此后不久，党中央多次通过各种公开场合释放对新社会阶层人士的善意。与中央层面相呼应，地方的党代会也相应增加了“双新组织”的代表名额。

党和国家对民营经济从政治地位上的扶持、对企业家的重视，是民营企业家参政议政的最大背景。

2002年高禧被推选为甘肃省第九届政协委员，2007年被推选为甘肃省第十一届人大代表，2008年被推选为中建协质量分会理事会理事、甘肃省建筑行业联合会副会长……

这些年，他还先后被推选为中共武威市委第一、第二届党代表；武威市人大代表、政协委员……

重任在肩如何参政议政？

高禧认为，企业家参政议政，应具有较高的政治素质和敏锐的政治远见。这就要求企业家必须善于把握时代脉搏，审时度势，以科学发展观武装头脑，不论遇到多么纷繁复杂的问题，都能保持头脑清醒，在政治上经受住考验，还必须有献身公共事业的理想和抱负，使自己的思维同国家、社会的整体思维相协调。既追求个人的进步，也关心社会的进步；更重要的是，还必须公私分明，廉洁奉公，遵纪守法，身体力行，严于律己，不搞不正之风，以权谋私等。

如果说，从“穷则思变”到“致富思源”，是高禧思想认识上的质变；那么，从“致富思源”到“富而思进”，是他思想认识上的升华。

高禧在企业经营活动中，始终遵守法律和行业规范，维护道德和诚信，争取在公平和公正前提下，特别尊重和保障职工各项合法权益，严格按照国家有关规定为职工办理养老、失业、医疗、工伤、生育等社会保障，全方位关心职工，妥善建立好企业与职工的关系，建立和谐的劳动关系。

“国家税收一分不能少，员工工资一分不能拖。”这些年来，不论是企业在发展中遇到什么样的困难，高禧始终坚持这一底线。

高禧把“专业、诚信、规范、共赢”八个字作为企业经营理念；把“做诚实守信，政府民众放心，创精品工程的一流企业”作为企业的经营政策，把“发展企业、回报社会、员工受益”作为企业经营目的。

他说，经营理念是企业在长期的经营活动中形成的并一贯坚持的理想和信念，是企业一切经营管理活动的指导思想。经营政策是贯彻企业经营思想和实现经营目标的基本途径和指导规范，是经营理念的细化。经营目的就是要坚持不懈地做大做强企业，企业的经营行为，要遵循国家各项法规，依法纳税。为员工提供最具成长与发展的平台，让员工共享企业发展成果，生活得更体面、更有尊严。

同时，他大力倡导企业全员皆应有慈悲胸怀，多行义举，帮助别人。当社会各界遇到困难时，有钱出钱，有力出力，积极主动地去承担社会责任。

高禧在接受甘肃电视台采访时说，作为一名企业家，既要有统领企业的能力，赚钱的本领，更要有爱国、爱人民、爱事业的良知和奉献精神。

他对自己先后当选为甘肃省第十一届人大代表、第九届政协委员，又荣获全国五一劳动奖章等，心存感激。他说，这是组织培养的结果，是人民关心支持的结果。他十分珍惜这些崇高的荣誉，他觉得企业家参政议政是一件好事，他会增强企业界人士关心国家经济建设、民主政治建设、关心群众生活的责任感，还会培养企业界人士正确的价值观、人生观。其实，这对企业的发展也是有益的。通过参加各类会议、学习各项政策，可以使企业发展少走弯路，不走歪路，保证企业的健康发展。

高禧说，民营企业发展到今天应该对自身提出更高的标准和要求，应该在中国的文化、道德和价值体系的建设中，在构建社会主义和谐社会的进程中，主动承担更多的社会责任，为社会带来更深刻和更广泛的影响。

高禧在积极参加人民代表、政协委员的培训学习的同时，还到中央党校系统学习社会主义市场经济理论知识；他注重自身平时党的路线方针政策的学习，在提升自身素质的同时，还时时刻刻教育自己的员工，提高法纪意识，要诚信规范，有职业操守，遵循社会对每企业最基本的要求。

他还聘请了企业的常年法律顾问，指导企业从发展战略决策，到企业经营的每件事情，必须在国家的法律法规和政策框架下，遵纪守法、诚信经营、依法纳税，保护职工的合法权益。同时，完善企业制度，提高经营管理水平，促进企业健康发展。

高禧认为，改革开放以来，民营企业在多年的经济发展过程中，扮演了很重要的“中国经济发展的推动者、主力军”的角色。但是，企业除了经济实体的角色之外，企业作为社会的细胞，还有一个重要身份，那就是社会的公民，它存在于社会，在社会中成长，就要遵守社会公德，积极履行社会责任。

“当选人大代表、政协委员，光荣参加‘两会’，积极参政议政、建言献策，是提升自我生命价值的途径。”高禧善于运用党代会、人大、政协这些会议平台，整合社会各种资源，实现自己服务大众的理想。

在任省、市人大代表、政协委员期间，在深入社会基层，深入调查研究的基础上，他撰写并向大会提交了10多件提案、议案和意见建议，积极建言献策，呼吁全社会关注解决好拖欠农民工工资的问题。

在2006年1月13日召开的政协甘肃省九届四次会议上，作为省政协委员的高禧提交的提案《要从根本上解决农民工工资拖欠问题》中，有理有据地指出：“建设单位拖欠施工企业工程款是造成拖欠农民工工资最直接的原因，尤其是政府工程拖欠工程款的现象比较严重。同时，项目层层转包现象严重，一旦有一层承包商脱节，就会直接造成农民工工资无人支付。另外，施工企业内部‘垫资’严重，建筑行业竞争日益激烈，为了承包工程，施工企业不得不相互压低工程造价，甚至不惜垫资施工，也造成了资金周转困难，导致拖欠农民工工资。”

高禧建议，“要从根本上解决拖欠农民工工资这一问题，政府工程要带头落实工程资金，加快完善建设单位与用工企业间的信用体系，对于拖欠农民工工资的建设单位，建议不批准新建工程。”

高禧的提案引起了采访“两会”媒体的广泛关注，得到了政府有关部门的高度重视，解决好拖欠农民工工资问题已成为各级政府和社会关注的热点。

2006年7月23日，甘肃省人民政府出台实施了《关于解决农民工问题的意见》（甘政发〔2006〕59号，以下简称《意见》）。《意见》要求，抓紧解决农民工工资偏低和拖欠问题，建立农民工工资支付保障制度，严格规范用人单位工资支付行为。建立农民工工资支付保证金制度，在使用农民工集中的建设领域要普遍建立农民工工资支付保证金制度，制定出台建设领域农民工工资保证金管理办法。在建设工程开工前，由建设项目审批部门负责通知并监督建设单位，按照建筑工程合同价款的3%向施工所在地劳动保障行政部门指定的银行交纳工资保证金。对建设资金不落实的，管理部门不得发放《施工许可证》，不得批准开工报告。

《意见》要求，加大清理拖欠工程款工作力度，确保如期完成三年清欠工作目标。建设行政部门要集中力量清理政府拖欠项目，限期清欠。继续大力清理社会项目拖欠，督促债权债务双方限期结算，签订还款合同并按期还款，强化工程款支付日常监管。在加大清欠力度的同时，要确保不发生新的拖欠。加大对拖欠农民工工资的处罚力度。加快发展建筑劳务企业，禁止"包工头"承揽分包工程业务。对拖欠农民工工资的企业，三年内不得评为"守合同重信用企业"；对恶意拖欠、情节严重的用人单位，要依法责令停业整顿、降低或取消资质，直至吊销营业执照，并对有关人员依法予以制裁。对省外进甘企业因拖欠工资造成农民工上访的，要责令其退出甘肃市场并在相关媒体上予以公布。

《意见》要求，建立农民工工资支付监控制度。各地要结合实际，对本地区建筑、水利、交通、餐饮和中小劳动密集型加工企业实施全面监控，特别是对发生过拖欠克扣农民工工资行为的用人单位要实行重点监控。要进一步畅通举报投诉渠道，公布举报电话，及时接受农民工投诉和举报，并及时予以查处解决。

《意见》要求，加大维护农民工权益的执法力度。劳动保障部门要强化劳动保障监察和劳动争议处理工作，加强劳动保障监察队伍和劳动争议处理队伍建设，完善日常巡视检查制度和责任制度，依法查处用人单位侵犯农民工合法权益的违法行为；健全农民工维权举报投诉制度，认真受理农民工举报投诉并及时调查处理；加强劳动争议调解和仲裁工作，对农民工申诉的符合受理条件的劳动争议案件，要贯彻“快立、快审、快裁、快结”的原则，优先立案，优先审理，在法律允许的范围内，尽量简化处理程序，缩短处理时限，对涉及劳动报酬、工伤待遇的案件，要优先审理，切实维护农民工的合法权益。对确有困难的农民工，可以减、缓、免缴仲裁费用。

“政协委员的一份建议，产生了一份政府文件，在全社会形成关心农民工的良好氛围。”《西部商报》记者徐锦涛、陈永君、李杨以《政协委员提案：企业改制成亮点》为题做了报道。

2008年1月15日，甘肃省十一届人大常委会一次会议在兰州召开，高禧以省人大代表的资格参加会议，再次引起媒体的关注。

每日甘肃网以甘肃省“两会”专题报道的形式，全面报道高禧代表在参加甘肃省十一届人大常委会一次会议期间提交《政府要指导企业确立明确的发展战略》《政府要高度重视民营企业家队伍建设》《省委、政府加大对武威市城市建设基础设施的投资倾斜面力度，打造历史文化名城品牌》《省委、政府将法院工程拖欠款列入政府财政预算偿还范围，确保农民工工资的按时足额发放，维护企业的合法权益》四个议案和意见建议。具体内容援引每日甘肃网首席记者娄本伟的报道全文：

省人代会召开期间，记者利用开会间隙，采访了省人大代表高禧，他是一名来自武威市民营企业的基层代表，现任甘肃再就业建工集团总裁。虽是初次相识，记者却有几分一见如故的感觉，从他那质朴而又率真的气质、真诚而朴素的谈吐中记者都体会到了这种感觉。

记者请他谈谈对政府工作报告的认识，高总说，听了徐省长（徐守盛）所作的政府工作报告后，我有三大感受：一是高。政府工作报告紧扣科学发展观，民本思想非常突出，看得高，看得远。总结工作实事求是，又切合我们甘肃实际，振奋人心，催人奋进。二是实。报告用大量的数字高度概括了过去几年甘肃经济社会发展的巨大成果，实事求是。我是一名来自基层民营企业的代表，这些年我们亲身感受到了全省经济社会的大发展、城市的大变样，政府确实为老百姓解决了很多实际问题。三是远。政府工作报告立意深远，规划未来目标明确，安排2008年工作，目标鲜明，方向明确。对政府履职作出庄严承诺，特别是对保障和改善民生的具体实事，体现了政府对民生和弱势群体的关注，是构建和谐社会的具体体现。阐述和规划了甘肃未来发展的奋斗目标，着重打基础、谋长远、观点新、指标实，对政府自身要求高，振奋人心。

记者问高总，这次人代会上会提出哪些议案，意见或建议？高总说，以前我考虑企业发展、生产、经营的事情多，这些年，组织和群众把我推选为人民代表、政协委员，使我感到十分神圣，十分光荣，同时，通过开会和学习使我的视野更加开阔，感到责任重大。徐省长所作的政府工作报告为民营企业下一步发展指明了方向，作为人民代表，一定要抓住机遇，在增资扩产、自主产权创新、关心职工利益等方面更加努力，真正把报告精神落到实处。

这次人代会，我想提出以下四点建议。建议一：政府要指导企业确立明确的发展战略。

企业发展战略主要是规划企业发展方向、目标和可持续发展问题，是一种全局性、长远性的决策。目前相当一部分民营企业缺乏整体战略意识，无明确的发展战略规划，对日益加剧的竞争环境估计不足，没有拟定企业各层次目标体系。具体表现在：没有明显的优势产品，缺乏核心技术能力和核心经营管理能力；生产经营项目繁多，生产经营转向频繁；投机思想较重，普遍存在急功近利现象。目前，各级政府都选派干部到企业帮助开展工作，这是完全正确的英明决策，政府支持企业既要在具体工作上“手把手”地支持，更要在宏观上“心连心”地扶持。

各级政府要按照国家发展大的产业政策，结合地方的资源优势、已经初步形成的企业规模、产业雏形及时为企业确定发展的战略规划，省、市、县、乡镇各级政府都要有重点地、有目的地引导企业健康发展，既要遍地开花，更要扶大扶强，独树一帜。在这里我要说明的一点是，我说的独树一帜不是指一家企业，而是一个产业集群，一个比较完善的产业链。我们武威市在发展食品工业中，市委、市政府就做出了一个很好的示范。2003年市上在省委、省政府的支持下，开始建设黄羊食品工业园，到2007年园区实现工业增加值5.8亿元，实现工业总产值25.6亿元，实现大口径财政收入4608万元。

建议二：政府要高度重视民营企业家队伍建设。

民营企业的经营者往往就是企业的创业者，其管理水平较多停留在经验管理阶段，对经营管理缺乏科学系统的了解，在企业发展过程中，民营企业管理者自感管理知识“捉襟见肘”，在激烈的市场竞争中“难以招架”。工业是地方经济的脊梁，没有强大的工业，这个地方的“腰杆子”就很难硬起来。企业能不能做强做大，关键在于企业管理者能力的大小，政府要高度重视提高民营企业管理者素质，就是应向当前培训农民一样重视民营企业管理者的培训。我们觉得，抓住了企业家队伍建设，就抓住了促进民营企业快速发展的关键，就抓住了民营企业健康发展的牛鼻子。

在这方面，我认为政府部门应该从以下几个方面做好工作：一是积极扶持，努力营造有利于民营企业家成长的良好环境。各级政府和有关部门要进一步转变政府职能，努力为民营企业发展创造良好的政策环境、服务环境、法治环境，做到在政治上关心，思想上引导，政策上扶持，使更多的民营企业家在和谐的社会环境中茁壮成长。二是创新思路，进一步完善民营企业家队伍建设的培养机制。要制定科学合理的民营企业家培养规划。重点培养一支精通现代企业管理、具有创新精神和创业能力、适应市场竞争需要、能够支撑我市经济快速健康发展的高层次企业家队伍。加快建立和健全加强民营企业家队伍建设的各项制度。形成党委协调指导，组织部门牵头抓总，人事部门、工商联（总商会）等相关单位具体负责的目标责任管理机制。三是加强培训，不断提高民营企业家队伍的素质。要进一步加强院地协作和校企联合，针对企业家的实际需要有组织的依托大中专院校进行中短期培训，鼓励、支持民营企业家攻读在职工商管理硕士学位，加大MBA教育。要有针对性地聘请国内外企业管理专家，举办形式多样的学术报告会、研讨会、现场咨询会和讲座活动，提高企业经营管理人员参与国内外竞争与合作的能力和水平。同时，政府在组织有关部门党政干部外出进行工作考察时，要有针对性地邀请民营企业家参加，增长他们的见识，开阔他们的眼界，加强同省内外企业的联系和合作，营造民营企业家脱颖而出的良好环境。四是强化激励，调动民营企业家干事创业的信心。要加强宣传，树立典型，增强社会对民营企业家的认同感和民营企业家自身的光荣感，创造比优争先的良好社会氛围。要建立和健全各种表彰和激励机制，促进民营企业家队伍建设。五是加强引导，充分发挥工商联（总商会）的组织抓手和载体作用。充分发挥工商联（总商会）作为非公有制经济代表人士思想政治工作的职能作用，要充分利用商会资源优势，以工商联为平台，开展各种丰富多彩的企业家交流活动，按照“缺什么、补什么”的原则，采用市场化动作的方式，由商会组织举办各类业务培训班，提高民营企业职工的整体素质。

建议三：建议省委、政府加大对武威市城市建设基础设施的投资倾斜面力度，打造历史文化名城品牌。

建议四：建议省委、政府将法院工程拖欠款列入政府财政预算偿还范围，确保农民工工资的按时足额发放，维护企业的合法权益。

采访结束，高总热情地邀请记者到武威去，多关注、多了解、多宣传民营企业的生存与发展，记者也衷心地祝愿他的企业越做越大，越做越强。

参政议政，是企业家代表委员和社会互动的多元渠道和机制，也将这些基层民意上升为国是的渠道，不仅为民主政治增加了活力，也通过企业家的榜样力量传达感染给了他们这个阶层，共同推动中国向着现代化文明国家之途高歌猛进。

第二十三章

翰墨难书是精神

走进甘肃再就业建设集团展览室，一个个奖状，一面面锦旗，告诉人们甘肃再就业建设集团的辉煌历程。

2004年3月，被评为全国“守合同重信用企业”。

2011年，企业被中华人民共和国人力资源和社会保障部、中华全国总工会、中华全国工商业联合会评为“全国就业与社会保障先进民营企业”。

2014年，被中国建筑业协会评为“全国工程建设质量管理优秀企业”。

连续15年被省、市工商行政管理部门授予“守合同重信用企业”。

连续13年被评为甘肃省“三优一文明”企业。

连续5年被评为甘肃省“五星级甘肃省建筑业诚信”企业……

高禧与甘肃再就业人经过三十多年的创业、拼搏、发展，已经初步完成了企业原始资本的积累，进入了企业科学发展的扩张期，企业管理进入提升期，企业效益进入上升期。

企业在不断接受新的管理模式，废除不适应企业发展的旧制度的同时，建立完善了一套科学的企业管理体系。

集团公司党组织，引领企业健康发展；董事会，果断不武断，在决策上注重科学决策，不感情用事，不拍脑袋决策，注重调研，注重学习，企业的决策始终沿着科学发展的轨道行进，提出的发展思路明晰，奋斗目标切实可行；监事会，到位不越位；工会，帮忙不添乱，使企业管理逐步实现了制度化、科学化、规范化，形成了一个共谋发展经济的良好氛围。

“做企业如同行舟，不进则退。”高禧说。人无远虑，必有近忧。他时刻提醒每一位同仁，要居安思危。

“时代给予了我们这个实现梦想的机遇，就要不愧于时代，抓住机遇实现梦想。”他认为，对于一个渐入佳境的企业来说，一旦抱着守业的心态来经营事业，最有可能的结局就是回到原点。只有始终心怀创业激情的企业，才能保持源源不断的战斗力，不断前行。

创业三十多年，他始终如一胸怀强烈的责任感，始终如一胸怀强烈的创新精神。

一部人类发展的历史，就是不断吐故纳新的过程；一个优秀企业的存在，便是不断超越自我，不断创新的结果。

创新是一个民族进步的灵魂。同时，创新也是一个企业兴旺发达的不竭动力。

当把“发展自我，奉献社会，传承百年基业，企业在社会上具有影响力，员工生活得更体面、更有尊严”这个崇高意念，确定为他和企业追求的终极目标的那一刻起，高禧的心再一次激荡澎湃起来。

中国改革开放已经30多年，很多企业创业者，现在年龄都渐入知天命之年，随着人年龄的增加，思想也会逐渐无法适应新的发展形势。

一个好的企业，必须传承。只有传承，才能保证企业发展紧随时代的脚步不落伍，这是必须承认的自然规律。

“因我年龄的增长，企业发展的需要，为了实现企业的健康持续发展，为了公司全体员工的利益，经过认真慎重考虑，我与卢会庆夫妻共有的甘肃再就业建设工程（集团）有限公司的部分股权赠予儿子高万金、高万全和女儿高海燕，同时新增部分新股东……”2014年9月12日，依据集团公司章程之规定，董事长高禧提议，在甘肃再就业建设集团总部，建安大厦四楼会议室里召开了第九届临时股东大会。

这次大会，比往届股东大会召开的临时股东会议显得更为庄重，不仅股东、监事成员全部参加，而且邀请了企业党组织、工会负责人、职工代表和企业法律顾问参加会议。

这次临时股东会议讨论通过了三项内容，一是全体股东会议讨论表决通过了股东高禧、卢会庆将股权赠予高万金、高万全、高海燕的事宜。二是讨论表决通过了部分股东股权转让和增补新股东事宜。三是讨论表决制定《企业基本法》的事宜。

传承百年基业，究竟传承什么？

“企业的传承并不是简单的企业管理权、企业资产所有权的继承，而是将企业的文化、精神、制度传承下来。”高禧说，生生不息的企业文化，才是企业健康发展和基业长青之道。

心有多大，舞台就有多大；胸怀多大，事业就有多大。

高禧要把企业的文化、精神、制度以《企业基本法》的形式传承下去，实现企业内涵式增长，健康持续发展，彰显企业生动的魅力。

他说，一个企业如果缺乏新鲜和富有生命力的东西对员工进行正确的引导和教育，它即使披上了世界上最优秀的管理的外衣，也肯定不会支撑长久的。一个企业如果没有灵魂深处的东西向员工进行说教和深入地渗透，即使它有一时的辉煌和荣耀，也迟早会出现危机和忧患的。

“企业要想走得快，走得稳，走得长久，靠文化、靠制度！”高禧认为，文化是企业的素养和道德水准，是企业的灵魂；制度是大家共同遵守的办事规程或行动准则，是企业的管理体制和管理措施。

“文化与制度，是企业的左右两肋。”高禧认为，对于企业来说，文化与制度是缺一不可的。

企业的文化，是让员工长久跟随企业的有力武器；完善的制度，能约束员工的工作态度和行为。

一个企业，只有将企业文化与制度结合起来，相互渗透、相互促进，软硬兼施，刚柔并济，才能形成独特的企业内涵，将企业治理到极致。

小企业靠个人能力，中企业靠制度，大企业靠文化。

什么是企业文化？

众说纷纭，仁者见仁，智者见智。

高禧认为，企业文化是企业的顶层设计，是企业的思想和灵魂。也就是说，企业的文化是企业家的思想，是来自企业的顶层设计，通过长期的企业运用，逐步转化为企业的思想与灵魂。

文化是教化人应该干什么，不该干什么，是用思想引导人们的行动。

大到一个民族，一个国家，小到一个企业，一个家族，在发展历史的长河里都会形成自己的文化。

如果一个民族没有文化就没希望，如果一个企业没有文化就走不远，如果一个家族没有家庭文化，就会诚信缺失、失去道德底线，最终走向败落。

纵观世界，杰出而成功的企业都有强有力的企业文化，不仅全体员工共同遵守这个文化，而且它往往是全体员工约定俗成的行为规范，不仅是企业员工的价值观念，而且是企业员工的生活习惯。

高禧认为，企业长期发展形成的企业文化，不能挂在墙上、写在纸上、存放在档案室里，而要入心入脑，变为大家的共识，变成大家的自觉行动，发挥企业文化的牵引性，增强企业的凝聚力、感召力、驱动力。

“企业文化是在一定的社会历史条件下，企业在生产经营和管理活动中所创造的具有该企业特色的精神财富和物质形态。”高禧说，企业文化并不神秘，它不是科学，不是谁苦思冥想想出来的，更不是专家学者研究出来的，而是企业在生产经营和管理活动中创造出来的精神和物质形态。

人在生存的过程中追求什么？

不外乎两种：一是物质上富裕，二是精神上喜乐。

当人们追求生存时，看重的是物质的富裕。高禧说，20世纪五六十年代，因物质的缺乏，人们为吃饭、穿衣而奔波，那时，人们就看重物质的东西，精神上的需求相对比较简单。

经过改革开放几十年的发展，人们生存的问题基本得到了解决，不再为吃饱肚子、穿上衣服着想，所以今天的80后、90后追求的重点成为精神的喜乐，就是五六十年代出生的人也对精神喜乐需求越来越多。

当下，人们对饭菜的需求，不再是吃饱肚子，而是色味俱佳；对衣服的需求，不再是遮体御寒，而是美丽时尚；对生活的需求，不仅要物质上富裕，精神上也要喜乐；对工作的看法，不再是谋生的岗位，而是展示人生价值的平台。人们工作不仅需要工资和福利保障，更需要展示自己的人生价值，得到人们的充分尊重。

比尔·盖茨曾说：“我不是在为金钱工作，工作中获得的成就感和体现出来的使命感才是我真正在意的。”当下，人们对精神的追求越来越重视。

人类与世界万物是相同的，不仅我们每个人需要得到尊重和赞美，世界万物都需要尊重和赞美，但是尊重和赞美，需要感恩和回馈。

企业文化要遵循社会、经济、企业发展的基本规律，首先就要遵循人们的追求。

员工的生存和发展需要企业给予工资保障、成长空间、人文关爱，企业的生存和发展需要员工敬业爱岗、踏实工作、积极贡献。为此，企业文化既要体现对员工的关爱，也要体现对员工的行为约束。这样才能符合和遵循社会、经济、企业发展的规律。

高禧把企业文化形象地比喻为：企业的外在形象，是企业的“脸”；企业的经营行为，是企业的“体”；企业制度、组织架构，是企业的“骨”；企业的核心理念，也就是企业价值观、企业使命、企业愿景、领导风格，等等，这是企业的“心”。

“为创建享誉神州的一流建安开发企业孜孜以求。”高禧把甘肃再就业建设集团的企业使命高度概括为这一句话二十个字，这二十个字反映了，企业的根本性质是一家建筑施工开发企业，经营领域是“立足甘肃、面向全国、放眼世界”，企业经营思想、企业目标是创建享誉神州的一流建安开发企业，达到目标的措施是孜孜以求。

他说，企业使命是指企业在社会经济发展中所应担当的角色和责任，指企业的根本性质和存在的理由，说明企业的经营领域、经营思想，为企业目标的确立与战略的制定提供依据。

企业使命要说明企业在全社会经济领域中所经营的活动范围和层次，具体地表述企业在社会经济活动中的身份或角色。它包括的内容为企业的经营哲学，企业的宗旨和企业的形象。

高禧认为，一个百年企业，往往并不是一个单纯的利益集团，而更多的是一个道义集团，在强烈的使命驱使下，去实现自己的目标。

具有强烈使命感的同仁不会被动地等待工作任务的来临，而是积极主动地寻找目标；不是被动地适应工作的要求，而是积极、主动地去研究，变革所处的环境，并且会尽力做出有益的贡献，积累成功的力量。所以，作为一名企业领导者，一定要引发全员为使命感而工作，而不是为了老板，为了企业，也不是单纯为了一份薪水而工作。

高禧认为，中国两千多年的历史进程中，儒、释、道思想一直占据着人们的思想，说好话、做好事、走好路、做好人的思想对中国社会产生了极其深刻而久远的影响，仁、义、礼、智、信的思想道德观念成为每个人的行为指南；接人待物，举止言谈要温、良、恭、俭、让，以谦虚为荣，以虚心为本。

西方国家价值观以崇尚个人为中心，宣扬个人主义至上，竭力发展自己表现自我。“谦虚”这一概念在西方文化中的价值是忽略不计的。生活中人们崇拜的是“强者”“英雄”。因此，西方文化体现出个体文化特征，这种个体性文化特征崇尚个人价值凌驾于群体利益之上。

“正因为中西两种文化上有差异。西方管理重在管事，比较具体；而中国管理重在管人，重视整体。”高禧举例说，西医很先进，对细节、枝叶问题研究得很清楚，很透彻。但是对整体、全面、在系统上面的问题考虑得就不如中医周全。西医治病，头疼医头，脚疼医脚，实在不行就开膛破腹，截肢换肾；中医则注重整体、全面，在系统层面上考虑问题，中医认为人体的每个器官都是相互依赖、支持的，缺一不可，治病注重系统地调节，虽然治疗周期长，但是后续的次生问题少。同样，西方企业管理注重制度建设，讲的是不能干这、不能干那，干了要受到惩戒；中国企业管理注重企业文化建设，讲的是要干这、要干那，讲究因果，善有善报，干了好事有好报。为此，对于一个中国企业来说，文化似湿度，具有“润物细无声”的功效，能触动整个团队持续、稳定地前行；制度似温度，具有“均衡万物，规范版图”的能量，能约束、驱动团队行为，但是，只能在缺火候的时候添加温度。在企业管理中，文化与制度，只有温湿结合，相得益彰，方能风雨无阻，才能把企业治理到极致。

“企业文化、企业核心价值观与民族文化密不可分。”高禧认为，企业文化是一个国家的微观组织文化，它是这个国家民族文化的组成部分，所以一个国家企业文化的特点实际就代表这个国家民族文化的特点。只有在共同的价值准则基础上，才能产生企业正确的价值目标。有了正确的价值目标，才会有奋力追求价值目标的行为，企业才有希望。

孔子曰：“道不合，不相为谋”。

企业的价值观，是指企业职工对企业存在的意义、经营目的、经营宗旨的价值评价和为之追求的整体化、个性化的群体意识，是企业全体职工共同的价值准则。

企业价值观决定着职工行为的取向，关系企业的生死存亡。只顾企业自身经济效益的价值观，就会偏离社会主义方向，不仅会损害国家和人民的利益，还会影响企业形象；只顾眼前利益的价值观，就会急功近利，搞短期行为，使企业失去后劲，导致灭亡。

“担当、务实、创新、感恩、仁爱、利众。”高禧把这十二个字确定为企业的核心价值观。他说，璀璨的中华文化博大精深，从中积极寻觅符合企业文化建设的思想，就会提炼出企业文化建设的精髓，培育出彰显仁爱包容、贵和尚中、求真务实等具有中华文明特色的企业文化。他认为，担当是一种态度，只有勇于担当重任，才能走向成功；务实是一种行动，言而有信，说到做到，工作讲效果；创新是一种能力，与时俱进，是企业生存和持续发展的灵魂；感恩是一种处世哲学，是生活中的大智慧，是积极的人生观；仁爱是一种情感，宽仁慈爱，关心每一位与生命有过往的生命；利众是一种品德，人的品质决定他能走多远，利众者伟业必成。

伟人毛泽东说：人是要有一点精神的。同样，企业更需要精神。

高禧总结企业发展多年的经验，提出了“创业贡献、求实创新、爱岗敬业、诚信互助、合作共赢”的企业精神。

他说，企业精神是指企业员工所具有的共同的心理定势、思想境界和意志状态。它表达着企业的精神风貌和企业的风气。企业精神是企业的脊梁，是更高一类的心理活动，是企业核心经营理念的升华，是企业的内在活力。

同时，企业精神是指企业基于自身特定的性质、任务、宗旨、时代要求和发展方向，并经过精心培养而形成的企业成员的群体精神风貌。企业精神要通过企业全体职工有意识的实践活动体现出来。因此，它又是企业职工观念意识和进取心理的外化。

“为祖国分忧、为民族争气”这是大庆的铁人精神，它体现了大庆人强烈的爱国主义。为“早日把中国石油落后的帽子甩到太平洋里去”，“宁肯少活二十年，拼命也要拿下大油田”，干事业“有条件要上，没有条件创造条件也要上”，“要为油田负责一辈子”，“干工作要经得起子孙万代检查”，为革命“练一身硬功夫、真本事”，不计名利，不计报酬，争当埋头苦干的“老黄牛”精神。

高禧说，至今读起大庆的铁人精神来，依然能强烈感受到豪迈和务实。

他说，企业精神是企业文化的核心之一，在整个企业文化中起着支配的作用。企业精神以价值观念为基础，以价值目标为动力，对企业经营哲学、管理制度、道德风尚、团体意识和企业形象起着决定性的作用。

企业精神通常用一些既富于哲理，又简洁明快的语言予以表达，便于职工铭记在心，时刻用于激励自己；也便于对外宣传，容易在人们脑海里形成印象，从而在社会上形成个性鲜明的企业形象。

一个成功的企业管理者始终要思考企业的未来，要有远见，要站在高处，走在前面，不能走一步算一步，更不能走过这一步不知道下一步要到哪里去。要在思考未来中尝试，在尝试中把握未来。企业永远要做两件事：一件是现在正在做的事，另一件是将来要做的事。高峰时要有危机感，低潮时要善于把握机会，要制定好企业的愿景。

“企业愿景也叫做远景、远见，体现着企业家的立场和信仰，是企业最高管理者头脑中的一种概念，是这些最高管理者对企业未来的设想。是对‘我们代表什么’‘我们希望成为怎样的企业？’的持久性回答和承诺。企业愿景也是企业给员工的一个伟大梦想，不断地激励着企业奋勇向前，拼搏向上。”

何谓企业愿景？

高禧谈起企业的远景，滔滔不绝。

他认为，企业愿景就是企业渴求的未来状态，即回答企业将成为什么样的企业；是指企业的长期愿望及未来状态、组织发展的蓝图，体现组织永恒的追求；是企业发展愿望与企业长远目标相结合的一种情景式表述。

一个企业不论现在多好，如果没有发展前景，员工看不到未来，那就没有发展前景；员工看不到未来，那就没有吸引力。反之，即使企业现在有暂时的困难，但未来的前景很诱人，那人们还是乐于投身于它。

阿里巴巴以企业文化吸引、留住和激励员工：阿里巴巴对员工薪酬从不按市场定价，几乎所有新进员工与管理者都比原公司收入减少一大半，从8000元、9000元降到3000元是常事，雅虎搜索引擎发明人吴炯跳槽到阿里巴巴后，不仅工资降了一半，还失去了每年7位数的股权收入。阿里巴巴创办初期，香港IT高手TONNY想加盟，马云说：“每月500元工资，你干吗？”

TONNY说：“这个钱连给加拿大女朋友打电话都不够。”马云说你这个人没劲，不是我要的同事，掉头走了。TONNY在和阿里巴巴几个同行聊了聊后说：“我还是在这儿干吧。”

现任COO蔡崇信原是瑞典AB公司的副总裁、耶鲁大学经济与法学博士。在一次业务访问后被阿里巴巴文化所感召而决定加盟阿里巴巴。阿里巴巴从来不提供高薪，更不以高薪酬吸引人才，但中国网络产业中的一批又一批真正有理想、有激情、勇于献身的仁人志士就像奔赴延安一样奔向了阿里巴巴。

一位长期跟踪了解阿里巴巴的资深人士说：“多么奇怪！6年2190天，这个正迅速扩张的团队仍超乎寻常地保持‘亢奋’和‘战斗欲’。”然而，这个团队的绝大部分人，拿着国内行业中下水平的工资（在杭州处于中等），却有着职场人士对职责少见的忠诚、幸福感和向心力。

卫哲从百安居中国区总裁跳槽成了阿里巴巴集团副总裁，他说：“这恐怕是中国笑脸最多的一个公司，而且执行力超强，但我也不知道为什么。”

马云说：“一群搞电子商务的公司在爬山，有些人在半山腰的时候看到了散在那里的碎金子，就急着去捡，我们却还在攀登，越来越多的公司跑去捡金子了，我们还是控制着自己的欲望，爬呀爬，现在我们还在爬，但我们看到了山上的曙光，我们看到了山尖上的金山。”

阿里巴巴的企业愿景究竟是什么，竟然有如此大的吸引力？阿里巴巴的企业愿景：通过发展新的生意方式创造一个截然不同的世界。企业远景规划：让企业活102年，使企业员工幸福指数同行中最高。

阿里巴巴1999年创立，活102年就是三个世纪，这个愿景和远景规划，让员工感觉事业有前途，个人有奔头，给员工一个归属感，给了员工一个依托和梦想。

企业愿景和远景规划，就是给员工希望和梦想，给员工一个美好的企业发展愿景，让员工感受到企业不是人生中一个短暂的舞台，而是员工能托付终身的家。

“将再就业集团打造成为令人羡慕、受人尊敬的标杆企业！”高禧确定这个企业愿景的同时，还制定出了企业远景规划：

2014—2018年，4年间，企业年实现建安产值30亿元，职工收入年均增长达12%—18%。

2014—2024年，10年间，企业年实现建安产值50亿元，职工收入年均增长达12%—18%，职工年均收入达10万元，企业员工子女优先在企业内安排就业，让100名追随企业的奋斗者成为百万富翁。

2014—2024年，10年间，培养预备总经理8名，副总经理20名，工程师100名，建造师100名，部门经理60名，技术员200名。

高禧说，这只是我们企业近10年的远景规划，还会有第二个10年规划、第三个10年规划……只要孜孜以求，不懈努力，企业发展的蓝图会更加美好，员工发展的空间会更加宽广。

同时，高禧提议并经过股东会议、职工会议等多次讨论通过，将几易其稿的“实现企业内涵式增长，彰显企业生动的魅力。发展自我，奉献社会，传承百年基业，企业在社会上具有影响力，员工生活得更体面、更有尊严”确定为企业的终极目标。

他说，这个终极目标分为两部分。

第一部分：实现企业内涵式增长，彰显企业生动的魅力。这是企业文化的精粹，看起来比较高远、虚渺，实则是梦想，是企业实现健康发展和基业长青之道，是让员工长久跟随企业的有力武器。

第二部分：发展自我，奉献社会，传承百年基业，企业在社会上具有影响力，员工生活得更体面、更有尊严。这是企业文化的实质，比较具体，看得见，也摸得着，它告诉全员，企业将要发展成什么样子，给社会留下什么，员工能得到什么等。

在2014年华夏商学院举办的企业文化落地系统学习班上，国际注册管理咨询师、资深培训导师、英国国际管理协会亚洲首席讲师、美国林肯大学客座教授、中国总裁培训金牌讲师丁远峙对高禧确定的企业终极目标给予很高的评价：这是最具有影响力、感召力，充满人情味的企业终极目标。

高禧坦言，企业发展的终极目标不是我想出来的，而是企业在发展的过程中遵循发展规律得出的结果，是大家与我长期同甘共苦形成的一种责任，这里包含着我们心中的一份大爱。

“我真诚地感恩这个伟大的时代，它给予了我们干事创业的大好机遇。我们心中有爱，我们爱国家，我们爱企业，我们爱家庭，我们爱子女，我们更爱企业和每一位员工。”他说，“这种爱，是发自内心的，是纯粹的爱、无私的爱。随着年龄的增长，我的这种爱，越来越强烈，越来越纯粹。这种强烈的、纯粹的爱，自觉不自觉地让我产生了一种神圣的、强大的责任。这个责任，就是要把我们的企业发展好，为国家多做贡献，让企业健康持续发展，给追随我多年的奋斗者一个美好的希望，让大家有一份适合自己的工作，让大家在这里愉快地工作，让每一位员工和家人生活得更好一些。”

不论是一个民族，一个国家，还是一个企业，在其发展历史的长河里都会形成自己的文化。如果一个民族、国家没有文化就没有希望，如果一个企业没有文化不能给员工一个梦想，企业就走不远。

“企业的终极目标，是发展企业的目标导向，是企业对社会、对员工的庄严承诺。承诺就要信守，承诺就要行动，承诺就要践行。”高禧说，企业着力打造感恩文化，感恩时代给予了我们发展的机遇，感恩社会给予了我们发展的环境，感恩员工给予了我们发展的支持，大家与我长期同甘共苦，这里包含着我心中的一种责任、一份爱。

俗话说，博爱没有敌人，智慧没有烦恼，感恩才会快乐。

创业、发展30多年，高禧不断总结、提炼、完善，逐步形成了独特的企业文化，它既体现了企业顶层的设计意图，也体现了企业的发展内涵，体现了企业广大员工的心愿，展示了企业的精神风貌。

高禧把这些优秀的企业文化，进行了总体概括，经过反复的思考，形成了一个初步的思路，形成了《企业基本法》的初稿，并先后提交相关的企业文化咨询机构进行把脉会诊，最终拿出了《企业基本法》草案，四次提交员工大会、股东大会、董事会进行讨论修改，最终形成了《企业基本法》。

高禧说，企业的日益强大，不能再依赖一个人的组织体系，而是要打造一个有着共同梦想、共同目标的团队。要使这个团队发出同一种声音、坚守同一个梦想、坚决捍卫同一个誓言，让企业实现传承百年基业。所以，要将一个企业做大、做强，必须要有一套文化与制度相结合的管理体系，以此来统一全员的价值观，让团队成员从中感受到自己的神圣使命，信心倍增，动力十足地抱成团，共同奋进。

他说，国有国法，家有家规，企业要实现健康持续发展，必须要有企业的文化和制度。

企业文化与制度的结合，是企业战略决策、运营制度的组合与升级，是企业“战略中的战略”“文化中的文化”“制度中的制度”。高中层管理者要认真研修，领会其内涵，吸收其本质成分，让其成为企业发展过程中的决策标准。

《企业基本法》的价值在于以企业战略决策，明确和统一全员的方向；以企业文化，抢占全员的心智，牵引人的思想，实现全员同一个声音同一个目标；以企业制度，规范全员的行为，感召、激励整个团队，勇往直前！

高禧说，《企业基本法》是企业顶层设计，是企业家的经营理念和处世哲学；是企业发展中成功经验的总结，是企业的宝贵资产；是企业管理大纲，它以制度的形式旗帜鲜明地告诉员工，我们赞美什么，鼓励什么，反对什么；是保障企业文化落地的“生命线”，通过潜移默化地教化，让企业全体员工发出同一个声音，为实现同一个目标而努力奋斗；要定位和固化，要在继承中发扬，在传承中创新。

企业文化是一种由特定的价值观引导的，在企业组织、生产、管理运行过程中积淀形成的制度与行为模式，正越来越受到产业界和社会各方人士的关注。

近现代工业文明的繁荣与进步，其对人类的贡献不仅仅表现在巨大的物质财富的创造上，更主要地体现在对精神财富的提炼、挖掘与创造积累上。

无数企业家及其创造的无数成功企业的辉煌，写就了工业文明鲜活的历史。但凡成功的企业都有其制胜的法宝秘诀，而以行为激励机制为目标管理导向的企业文化的建立与运用，往往成为成功企业的共同缩影。

“文化是企业的灵魂。”高禧说，文化在顺境中可以令人感受到它催人向上的力量，在逆境中这种力量将得到更大的发挥，所以经过痛苦和泪水浇灌出来的团队，这种文化的渗透更具生命力，会更加生生不息，源远流长。

“文化产生自然的影响力，润物细无声，可以抢占人的心智，牵引人的思想，驱动人的行为，是一种非制度的强大驱动力。”高禧把企业文化概括为六大功能：导向功能、约束功能、凝聚功能、激励功能、调适功能、辐射功能。

他认为，企业文化对一个企业的健康持续发展具有导向功能。所谓企业文化的导向功能，是通过企业文化对企业的领导者和职工起引导作用。一是经营哲学和价值观念的指导；二是企业目标的指引。

同时，企业文化的约束功能，主要是通过完善管理制度和道德规范来实现。要用有效的规章制度约束。企业制度是企业内部的法规，企业的领导者和企业职工必须遵守和执行，从而形成约束力。道德规范是从社会伦理的角度来约束企业领导者和职工的行为。如果违背了道德规范的要求，就会受到舆论的谴责，心理上会感到内疚。

企业文化凝聚功能是以奋斗者为本，尊重人的感情，从而在企业中营造了一种团结友爱、相互信任的和睦气氛，强化了团体意识，使企业职工之间形成强大的凝聚力和向心力，形成统一的整体。这时，“企兴我荣，企衰我耻”成为职工发自内心的真挚感情，“爱企如家”就会变成他们的实际行动。

企业文化的激励功能是指共同的价值观使每个职工都感到自己的存在和行为的价值，自我价值的实现是人的最高精神需求的一种满足，这种满足必将形成强大的激励。在以人为本的企业文化氛围中，领导与职工、职工与职工之间互相关心，互相支持。特别是领导对职工的关心，职工会感到受人尊重，自然会振奋精神，努力工作。

企业文化的调适功能是调整和适应。企业各部门之间、职工之间，由于各种原因难免会产生一些矛盾，解决这些矛盾需要各自进行自我调节；企业与环境、与顾客、与同行、与国家、与社会之间都会存在不协调、不适应之处，这也需要进行调整和适应。企业哲学和企业道德规范使经营者和普通员工能科学地处理这些矛盾，自觉地约束自己。完美的企业形象就是进行这些调节的结果。调适功能实际也是企业能动作用的一种表现。

企业文化的辐射功能，企业文化关系到企业的公众形象、公众态度、公众舆论和品牌美誉度。企业文化不仅在企业内部发挥作用，对企业员工产生影响，它也能通过传播媒体，公共关系活动等各种渠道对社会产生影响，向社会辐射。

企业文化是企业经营管理的哲学思想，是方向和方法论的指导，它还必须发挥全员的智慧和积极主动性。企业文化的传播对树立企业在公众中的形象有很大帮助，优秀的企业文化对社会文化的发展有很大的影响。

“优秀是教育出来的！管理的灵魂就是有效的教育！”高禧认为，培养人、管理人的最持久、有效的方法，就是通过文化的熏陶来潜移默化地进行的。企业文化的力量在于重复，重复，再重复，重复的时间越长、次数越多就越具有生命力。

虽然有人反对说教，但没有人拒绝改变。

一个人总想改变自己，成为一名优秀的人、值钱的人。人类就是在说教中成长的，只有教育才能改变人，只不过看你说教什么，如何去说教而已。

每一个人的心里都有一片阳光，只要通过教育这种力量，就会使一个人优秀起来。

高禧感慨地说，从创业发展到今天，三十多年的岁月里，他受挫过、成功过、迷惑过、欢乐过，在时间的长河中磨砺，他不断总结，归纳出了这些企业文化。但是这些年从表面上看，企业文化建设搞得形式多样，而实际上企业文化真正发挥效用的却很少，更多的是企业文化建设与企业管理效果、企业经营业绩脱节，企业文化是“挂在墙上、说在嘴边、装在柜子里”，但却印不到心上、落实不到行动上。

他把制定《企业基本法》的目的概括为简单的六句话十八个字：说出来，记在心，照着做，持续性，抓落实，见实效。他说，企业文化要落地，要自上而下的认同企业的文化。

为此，他要求企业高中层带头学习，全员认真学习，而且要用心去学习，感悟其中的要意，真正意义上认识企业，让自己的生命内涵与再就业的文化精髓相容相存，只有在全员的心中种下正念，才能在再就业的土壤中结出正果，而且生生不息。企业员工要将《企业基本法》，入脑——自下而上的讨论、学习，感受企业文化；入心——自上而下的宣讲、考核，认同企业文化；入行——公开承诺践行、体验，让企业文化变为全员自觉行动。

2015年3月18日，甘肃再就业建设集团第十届股东大会隆重召开。集团公司董事长高禧受第九届董事会委托作工作报告：

近两年来，集团公司在社会各界的关心和大力支持下，各位董事、各位监事、各位股东同心同德，开拓进取，扎实工作，董事会严格遵循章程，按照上届股东大会的决议和确定的工作目标，解放思想，转变观念，抓管理，内强企业素质，重改革，外树企业形象，通过实施质量安全生产管理年活动，积极争创鲁班奖、飞天奖开展文明施工、安全施工等活动，使我们企业的社会影响迅速扩大，市场占有份额逐年增长，经营规模不断扩大。同时，集团董事会创造性地开展工作，在建筑业市场竞争日趋激烈的情况下，紧扣时代脉搏，适时调整经营结构与发展方向，使集团公司的经营步入了良性循环的发展轨道，保持了建工集团经济效益逐步提高的良好局面。

一是集团公司健康运行，产值连年翻番。

2013年集团公司承建建筑安装工程含上年度跨年度工程共

109项，完成建安产值18.69亿元。房地产开发公司新开发的泰和花苑小区2号楼完成工程建设任务2717万元。

2014年集团公司承建建筑安装工程含上年度跨年度工程106项，实现建安产值14亿元；集团公司提出的总体目标没有完成，与年初提出的确保实现建安总产值达到16亿元相比较，少完成2亿元产值，下降了12.5%。这是由外因和内因两个因素造成的，外因是国家停建楼堂馆所，压缩政府性建设投资，民勤人防大厦就是事例；内因是企业参与竞争的意识不强，项目承接不多，全年承接项目比上年109项少3项。

二是企业社会影响力进一步提升。

近两年来，集团公司发展快，喜事多。

2013年，集团公司董事长高禧获全国优秀项目经理殊荣，公司有2项工程获得飞天奖，企业连续十年被甘肃省工商行政管理局评为“守合同重信用企业”等荣誉。集团公司积极稳健地推进二级法人实体建设，独立分公司实现产值占到了公司总额的52%，集团公司的治理结构趋于合理。集团公司在稳定老市场的前提下，拓展新市场，新的市场领域逐步拓展，前景看好。

2014年，集团公司水利水电工程施工总承包二级资质顺利通过。

集团公司承建的天祝县人民法院审判法庭项目、泰和花苑住宅小区1号楼工程分别获得甘肃省建设工程质量奖——飞天奖。武威泰和花苑住宅小区1#、2#楼项目，获得全国“AAA级安全文明标准化工地”；河道堤岸超长混凝土护坡综合技术研究，获得武威市科学技术进步奖三等奖。同时，兰州阀门厂11#楼项目的施工质量得到了兰州市质量监督部门的高度评价，2015年要申报飞天奖，争创鲁班奖。

……

这是一个简单而务实的报告，坐在主席台上听报告的第十届股东大会的股东们面露满意的笑容。

第十届股东大会选举产生了新一届董事会，由董事长提名，以无记名投票的方式选举产生了副董事长两名，集团公司总经理，总工程师，财务总监，副总经理……高万金、高万全当选为副董事长。

甘肃再就业建设集团管理团队融入了新的血液。创建百年基业需要有序传承。

“新竹高于旧竹枝，全凭老干为扶持。明年再有新生者，十丈龙孙绕凤池。”清代著名文学家、书画家郑燮这首《新竹》说的极是。

“企业的传承并不是简单的企业管理权、企业资产所有权的继承，而是将企业的文化、精神、制度传承下来。”当高禧把那部从企业标志、企业使命、企业核心价值观、企业精神、企业愿景、企业的终极目标、企业风格，到企业战略定位、组织架构、经营方向、经营政策、经营理念、团队理念、创新理念、创业精神、质量理念、安全理念、效益理念、节约理念、管理方向、管理原则，再到企业用人理念、人才理念、薪酬理念、成长理念、管理理念、执行理念、组织气候、领导风格、经营目的，共十八章四十三条一百二十六款的《企业基本法》和涵盖了企业管理、经营方方面面的知识、技术、经验、情操等诸多促进生产力发展的元素，把完善的企业制度，以企业文化为中枢，博采众长，融汇企业科学管理的诸多原理，结合企业实际，巧妙地将企业文化、行为文化、人文文化融为一体，形成的独特的企业文化体系的专著《人生因奉献而丰盈——高禧企业管理论集》（宁夏人民出版社出版发行），无私地交给新一届企业决策、管理集体。

尊敬的董事长和亲爱的同仁：

感谢大家的信任，感谢大家的鼓励，感谢大家对我们的慷慨支持！

今天我们站在这里，既感到兴奋，更感到责任重大。人生是一个奋斗的过程，假若人生是战场，我们就应该是冲锋陷阵的战士，再就业建设集团给我们搭建起了这个平台，我们就要与大家一同拒绝平庸，敢当勇士！我们宣誓：

坚守本届股东会议决议，绝不辜负董事长和各位同事的希望。

一要拿出好状态主动适应新常态，在实现企业内涵式增长中，进一步增强干成事、干大事的信心和勇气。要清醒干事，做企业发展的守护者；要扎实干事，做企业发展的实干者；要干净干事，做廉政建设的促进者。

二要坚守《企业基本法》。《企业基本法》是企业“战略中的战略”“文化中的文化”“制度中的制度”。我们要认同企业文化，发出同一种声音、坚守同一个梦想、坚决捍卫同一个誓言，打造一个有着共同梦想、共同目标的团队，让企业实现传承百年基业。发挥管理层的积极性，提高员工的归属感和凝聚力，提高员工的主人翁意识，与企业连心连利，把企业的事情当做自己的事情去做，在工作中目标同向、思想同心、执行同力、事业同荣，留住人才、激励人心，增强凝聚力、提高执行力、激发创造力，打造积极、高效、专业、敬业的团队，使企业持续发展、实现传承，为公司创造更多的效益，把企业做大做强。

三要在实现“发展自我，奉献社会，传承百年基业，企业在社会上具有影响力，员工生活得更体面、更有尊严”的企业终极目标中，进一步增强加快企业发展的紧迫感、责任感和使命感。要有不甘落后的志气、奋起直追的勇气、后来居上的豪气、知耻后勇的锐气；在工作中，要善于发现新矛盾，挖掘新潜力，寻求新突破。始终把提高企业效益作为第一要务，把工程质量作为第一责任，把施工安全作为工作的指向标，提升执行力，自我加压，负重前行，力求精益求精、好上加好。以优良作风凝聚人心，把工作的激情和热情转化为一种追求更高、志在更强的雄心和敢为人先的胆识，在工作中，肯花时间、肯动脑筋、肯耗精力，发挥自己最大的潜能和主观能动性，勇挑重担，建功立业，把甘肃再就业建设集团的事情办好，取得更加辉煌的成绩！

当责任与拳头同时举起，以男子汉特有的浑厚、深沉、执着的声音，带领企业全体员工，把这《守护者宣言》庄严地宣誓时，高禧与新一届企业领导集体的手紧紧地握在了一起，会场上爆发出雷鸣般的掌声，久久不息……

不是吗？

三十多年的创业，一段充满艰辛的里程；

三十多年的拼搏，一个执着践行的承诺；

三十多年的发展，一曲催人奋进的赞歌！

忆往昔岁月峥嵘，看未来任重道远。今天，甘肃再就业建设集团以崭新的面貌踏上了新的征程！2016年7月10日，董事长高禧提议召开甘肃再就业建设集团第十届五次董事（扩大）会议，会议决定集团公司投巨资建设“陇上‘高老庄’民俗文化村”项目。这是高禧高瞻远瞩，主动适应市场，实现企业转型升级的科学决策。该项目将会创造更多就业岗位，吸纳安置企业员工和社会劳动力，实现更多人的就业和再就业，为企业的健康持续发展奠定良好的基础。希望甘肃再就业建设集团，和着西部大开发的脚步，再接再厉，乘势而上，一如既往地发扬开拓进取，顽强拼搏，特别能吃苦，特别能战斗的精神，以全新的经营理念和诚信至上的企业宗旨，进一步创新经营管理机制，发挥集团优势，树立企业品牌，拓展市场，加快发展，努力在同行业中勇立潮头；一如既往地坚持“质量第一、信誉至上、回报社会、发展自我”的企业精神，以一流的管理，一流的质量回报社会；一如既往地广纳贤才，集陇原天时地利之灵气，聚众人聪明才智之精华，扬集团企业之帆，用勤劳与智慧在陇原大地书写新的篇章，为经济社会发展做出自己更大的贡献。

“好风凭借力，扶我上青天”。

衷心祝愿甘肃再就业建设集团事业兴旺发达、好梦成真！

外一篇

因为感动，所以敬爱

“认识高禧先生已有数年，多次采写过他的感人事迹，深刻了解他昨天创业的艰辛，真切感受过他今天成功的喜悦，看好他未来事业的美好！”

第二十四章

读书写字的感觉

一

经过一段时间的酝酿、采访、写作，终于在2016年2月1日农历乙未（羊）年腊月二十三完成了《岁月留痕》的写作。

轻轻关上电脑的那一刻，我的心突然再次澎湃起来，想写些东西的欲望占满了思想的每个空间，不用去过多的思考，脑海里就蹦出了“因为感动，所以敬爱”这么一串字儿。

回过头仔细地一想，用“因为感动，所以敬爱”这句话，表达我此时此刻的心情，的确，还挺对劲儿的。

这里的感动是宽泛的，它不是狭义的对某件事、某个人的感动；这里的敬爱是至诚至真的，不含虚情假意的恭维，是对生命过往中，每颗向上向善向前的心、每位至诚至真至爱的人的感动；是对每一种生命生存方式的理解与尊重，是在向令人仰视的身影、崇高的品德敬礼！

二

腊月二十三为祀灶日，民间俗称“过小年”。这天，辰巳时，我踏着暮色回家，喜庆的鞭炮声已经响成一片。其实，昼夜加班，赶着在腊月二十三这个日子完成《岁月留痕》，是因为这个日子对我来说，具有生命的渊源。

农历壬寅年腊月二十三辰巳时，甘肃省古浪县东南部大山深处的黄羊川镇张家墩村毛家堡子有一户普通农户，年近五旬的母亲，生下了一个“秋瓜”蛋子，伴随着“哇哇”的哭声，我来到了这个世界。

古浪，以藏语古尔浪哇而得名，意为黄羊出没的地方。黄羊川位于古浪县城东南25公里，东接横梁乡，南依天祝县西大滩和朵什乡，西连十八里堡乡，北邻岘子乡、井泉乡。黄羊川现已撤乡建镇，辖区面积175.2平方公里，有21个行政村，130个村民小组，3万多人。

黄羊川地势东南高西北低，海拔2000—2250米。境内群山环峙，山峦起伏，沟壑纵横。发源于祁连山支脉毛毛山深处的雪水，经小摊河自东南向西北方向而流，出“一夫当关万夫莫开”的石门峡，形成季节性河流——黄羊川河。这条不宽的黄羊川河将长约15公里，宽约

1公里的平川分割成南北两部分，人们沿河而居。

黄羊川，其实多山少有川。

这里少雨缺水，川里有水没有田，山上有田没有水，属干旱半干旱山区，无霜期120天左右，至今依然是国家级扶贫开发县。

三

一个生命的呱呱坠地，必定产生一串大大小小、悲喜交加的故事。

从剧烈的疼痛中缓过来的母亲，将一串沙枣核做成的佛珠挂在了我的脖子上，闭上眼睛虔诚地祈祷："保佑我的娃娃平平安安。"

命运多舛。在我4岁的时候，父亲因病医治无效，不得不丢下我们，离开了人间。一场撕心裂肺的恸哭后，母亲看着一个个幼小的儿女，抹去了泪水，扶起了父亲留下的弯把犁，扛起了一家人生活的重担。

家乡少雨。乡亲们因缺水而贫困。若遇到下雨的天气，孩子们都会拍着净屁股蛋直呱喊："天爷天爷大大下，蒸下的馍馍车轱辘大……"这首充满希望的古老歌谣，把苍天尊称为"天爷"，企盼苍天能带来更多的甘霖滋润万物，让靠天吃饭的家乡农人蒸出车轱辘大的馍馍，过上丰衣足食的日子。

可老天爷总是很吝啬。干旱让家乡连年歉收，雨水成了家乡人的命根子；吃饱肚子穿暖衣，也成了父辈们一年年，一日日梦寐以求的奢望。

家乡多山。那山，由厚实的黄土、坚硬的岩石混合而成。少迂回曲折，多陡峭险峻。贫瘠的大山就像静卧的老黄牛，清晰的山脉，如同老黄牛消瘦的肋骨，山上长着些连地皮都遮不住的小草，没有郁郁葱葱，没有花开花落。山坡上开垦的旱地里，种麦、种豆，也种洋芋、胡麻什么的。

初秋季节，远远望去，山坡上绿的麦、黄的豆、蓝的胡麻……就像童年时代，我们身上穿的褂子，补满了大小不同、颜色各异的“补丁”。

“孩子会长大的，日子会好起来的！”母亲在这个朴素的信念的支撑下，咬紧牙关，度过了一个又一个艰苦的日子，带着我们艰难地一步一步趟过岁月的长河。

四

不论生活多么不易，记忆中的童年生活，依然是充满了欢乐的。

童年的记忆中，家乡最有灵动的是那条黄羊川河。她是一条母亲河。河水不仅浇灌了黄羊川河两岸的数百亩良田，养育了黄羊川河两岸数千人民，而且还流入黄羊川下游的曹家湖水库，为下游的古浪、定宁、泗水、湖边等乡镇浇灌了上万亩田地，养育了数万的人民。

如今，黄羊川河成了一条季节性泄洪河流，一年四季多一半时间河床是干涸的。

在我儿时，黄羊川河是有水的，春秋季节的河水能淹到马肚子。

河两岸生长着大大小小的白杨树，点缀着黄羊川的景色。

夏日，河水清清，岸上杨树林一片浓绿，浓绿中星星点点盛开着紫色的马莲花、红色的娘娘花、黄色的苦菜花、白色的野菊花……那水红色的“蜜罐罐”花是孩子们的最爱，摘下一朵那小小的、喇叭状的“蜜罐罐”花，放在嘴里一吸，“蜜汁”就流进口中，甜极了。

七八岁的时候，我们常常到河里去“打澡儿”。夏日午时，我们一群伙伴相约来到河边，选一个河水流速比较缓慢、避风暖和的河湾，把衣服裤子挂在小树枝上，便在河里“打澡儿”。

“打澡儿”类同于游泳，但不完全相似。净屁股的一群男孩子，在水里相互打水仗，“扑通、扑通”，水珠四溅，如同秋天红枣成熟落地的声音一样，伴随着欢乐的笑声在河湾里回荡。一阵折腾后，大家就上岸，躺在河床的细沙上晒太阳，岸上田野里的豌豆已经结上了豆角，伙伴们便净屁股钻进豆田里摘生产队的青豆角，吃了青豆子儿，将青豆角的皮打成“板儿”，放在流速缓慢的河水中，让“板儿”漂流一阵儿，吸足水分的“板儿”就卷成了一个一个小圆圈，伙伴们便俯下身子，一口把吸足水分的“板儿”圈和清凌凌的河水吞进口中，青豆角的清香和河水的甘甜是那么的香甜……

五

冬天，河水结成了冰，远远望去，黄羊川河就像飘绕在黄羊川里的一条洁白的哈达。

那时的冬日，下雪天，孩子们会在生产队的打麦场上扫出一块空地，支起个大筛子，系上一条细细的绳子，撒些秕麦子在筛子下，大伙儿藏在麦草垛后，等麻雀、野鸽子钻进筛子下面后，一拉手中的绳子，支起的筛子就把麻雀、野鸽子罩得严严实实，大伙儿欢呼着扑过去，逮住筛子下面的麻雀、野鸽子，烧熟了吃。冬日没雪的日子，孩子们会带上父亲的狗皮大帽子，到河湾里滑溜儿、滑冰船、赶“老牛”。赶“老牛”如同现今人们玩的娱乐项目“打陀螺”，不但要打得准，还要看其旋转时间的长短。这项活动集智巧、勇力、竞争、团队精神和娱乐性于一体。小时候，听大人说把河湾里的杨树枝在开水锅里煮过后，做成的“老牛”不裂缝、结实。制作“老牛”是个技术活，同村上尕福的爹做的“老牛”最好，他把“老牛”精雕细琢地做成后，还会在“老牛”背上用红、绿、黄、蓝等各种颜色涂上圈，“老牛”旋转的时候，就像一个小小的彩球在洁白的冰面上旋转，好看的不得了。尕福的爹不仅会做“老牛”，而且还会栓赶“老牛”的鞭子。用尕福的爹栓的鞭子赶“老牛”，“老牛”旋转起来稳当、持续时间长，鞭子甩打在冰面上，爆出“啪——啪——”清脆悦耳的响声，小伙伴们都很羡慕尕福的“老牛”和赶“老牛”的鞭子。每次去河湾赶“老牛”，尕福总是走在最前面，小伙伴们跟在后面，在冰面上，长长的一串人影儿，像出征的部队。

小时候，冬天不论是去麦场上捕捉麻雀，还是去河湾滑溜儿、滑冰船、赶“老牛”，家里的大人一般是不会多管的，哪怕是玩到了昏天黑地，最多也就是挨一次批评。可是，夏天去河湾里“打澡儿”，每家的大人都管得紧，在河湾里“打澡儿”是有危险的。记得那年我们一群孩子到河湾去“打澡儿”，同伴喜子被“河神”带走了。眼看着“河神”张开大嘴把喜子吞没了，其他的小伙伴惊叫着从水中逃上岸，抱起衣裤净屁股溜回家，等大人们赶到，从下游几公里的地方找到被“河神”带去的喜子时，他肚皮涨得像鼓一样，喜子死了。好长一段时间，每天早晨都能听到喜子的母亲的哀嚎声，每个傍晚都能听到喜子的母亲在凄凉地呼唤：“喜子，回来——”“喜子，回来——”喜子的娘傻了。整个村子都笼罩在悲痛的气氛中。

六

在我读书读到四年级的那个夏天，学校分来了一个从武威师范毕业的男学生，做我们的老师。

新来的男老师接上了“退休”的老师的班。“退休”的老师其实不老，只有四十多岁，是本村的一位农民，在村小学任代课教师已经二十多年了，从我上小学一年级，就是他上课，语文、数学、体育、音乐……所有的课都由他讲。老师很爱教书，每天总是早早地来到学校，他也很爱我们这些孩子，总是笑容可掬的。

新老师来了，老师要走了。同学们都闷闷不乐地，老师背着铺盖卷前面走，学生们跟在老师的后面走，都没有说话。我的脑海中总是晃动着老师讲课时的身影：那是四年级第一学期的一天，老师给我们上语文课，课文是《战斗英雄邱少云》。当时，老师带领我们读课文，“……那一天，天还没有亮，我们连悄悄地摸进‘391’高地下面的山坳，潜伏在一条比较隐蔽的山沟里……中午的时候，敌人突然向我阵地发出龙出（袭击）……”这时，一位同学举手喊：“报告老师，那是‘袭击’不是‘龙出’，你读错了。”老师停了下来，脸红了。他背着手，走到这位同学的面前大声说：“你给我站起来，我说‘龙出’就是‘龙出’，你还袭击，你是不是还想上天呀？”教室里一片寂静。

在我的记忆中，老师很少生气。那天他实实在在地生气了，走上讲台的时候，我清楚地看到，他的嘴角在微微颤抖。他大声说：“齐声朗读课文。”

“……那一天，天还没有亮，我们连悄悄地摸进‘391’高地下面的山坳，潜伏在一条比较隐蔽的山沟里……中午的时候，敌人突然向我阵地发出龙出（袭击），炮弹一排又一排，在我们附件爆炸。排炮过后，敌人竟使用了燃烧弹，我们附近的荒草着火了……”同学们朗读课文的声音，在校园里回荡……

“同学们，有时间，我会来看你们的。”老师说完这句话，眼睛红了，扭过头走了。同学们都哭了，新老师的眼睛也湿润了。但是，直到我们小学毕业，老师也没有来看过我们。

新老师只有十八九岁，长得高高大大、眉清目秀，讲起话来，一口的普通话，听他讲课就像听广播，很好听。但是，同学们总是想念已经不再教书的老师。新老师见同学们整天都不高兴，他就建议同学们到河湾的树林里去上体育课，同学们一听都乐了，新老师也乐了。

一个风和日丽的下午，新老师带领大家来到河湾的树林里，让同学们做游戏，自己则找了个背静的地方去洗澡。几个男同学发现老师在洗澡，悄悄地溜过去，乘老师不注意，爬上高高的白杨树，将老师的裤子挂在了白杨树头上，一溜烟跑了。老师洗完澡，发现裤子不见了，抬头一看，裤子像旗帜一样在白杨树头上飘摇，只好一个人净屁股站在河湾里，哭笑不得。同学们一哄而散回家去了，他们认为是新老师的到来，老师才不能继续教书了，他们在找机会报复新老师。

后来，新老师说，课文《战斗英雄邱少云》中的敌人是突然向中国人民志愿军的阵地发出了袭击而不是“龙出”。后来，我还听说，老师只读过小学三年的书，要教四年级的语文、数学、自然、体育等课程，实在是难为他了。我和同学们突然明白，老师为啥不教书了。俗话说：“给人一瓢水，自己要有一桶水。”有些事情啊，空有一腔的热爱是不够的，需要热爱和热爱的本领。

七

时光如白驹过隙。

从农历乙未年腊月二十三辰巳时，到壬寅年腊月二十三辰巳时，整整53个年轮，19345个日日夜夜。

日子像从指尖滑落的细沙，在不经意间悄然流逝，太多的过往在似水流年的荡涤下随波逝去，银发不知不觉爬满了双鬓。

蓦然回首，发现岁月的留痕是无声的，在不知不觉间，深深的，浅浅的，或浓的，或淡的，就那么刻在了你的脸上，身上，心上。

其实，岁月留痕。正如雨下过了，空气便清新了；浪打过了，岩石愈加平滑；太阳升起又落，人的心已经经历了温暖。岁月如飞鸟掠过天空，划出一道刻骨的痕迹，难以抹去。

回首童年的岁月，翻着过去做过的笔记，我深深地被岁月打动。它悄无声息，却又以那么直接那么无法躲避的方式与我交流。我抚摸着一页页发黄的纸，又同时在感悟着岁月留下的生命的信息。

生命里，我们无法改变岁月流逝的步伐，岁月却在不经意间改变着我们，唯有把握生命中的每一分每一秒，努力拼搏，脚踏实地，用自己勤劳的双手和智慧，开辟出自己梦想的田园，才有机会守望丰硕的果实，让岁月留下无悔的痕迹。

八

“地要犁下，书要读下。”家乡老辈子人都爱说这句话。小时候，不大理解。但是读书倒是我童年的一个乐趣。

说到读书，我的父辈，乃至父辈的父辈都不曾读过书。我认为有书读，并且有时间翻开它读，你就是读书人。

在童年的记忆中，乡亲们即便是生活得很艰难，但仍尊教尚学。即使是一字不识的人家，也会把家里的最好的房子称为书房，即使家里很困难也都会有书，那时候家家存放最多的书是“红宝书”《毛泽东选集》，也有连环画册《红灯记》《智取威虎山》等。

读书是件好事，这是我对读书的感觉。一是可以让人长知识，二是可以让人打发时间，坐在那里静静地读书，总比站在街头看狗打架猫叫春的好。但读书就要有书，那年月哪有钱买书，只好去借书读。如果村上谁家有本小人书，我总会跑上十趟八趟地借来读读。借来读过的书，我都会给人家包个书皮儿，“好借好还，再借不难。”

这些年，一路走来，读书的事情我从来没有耽误，读了一点书，就想着写点什么。读书写字，常常把小眼睛熬成了红灯笼，但乐此不疲。值得欣慰的是，读书改变了我的命运。

回头一看，惊觉岁月多情啊！从乡村，到县城，再到城市；从职员，到政府秘书，再到新闻记者……细想这些，无不是岁月长河中值得记忆的幸事，而这些幸事无不与读书写字紧紧联系在一起。

如果从1984年在甘肃群众文学期刊《驼铃》上刊发的第一篇寓言故事《佛鼠猫》算起，我先后在《人民日报》《经济日报》《半月谈》《甘肃日报》等大大小小的报纸杂志上，发表了千余篇、数百万字的文章。

如果从1981年铜奔马文学青年协会会员算起，中国新闻奖、全国地州市报纸一等奖、甘肃好新闻一等奖，等等，大大小小的荣誉证书也有不少。

如果从出版的纪实文学《武威纪略》（上下）算起，《创业之路》《得阳光者，得天下》等称得上书籍的作品，也有四部近百万字。

……

九

岁月，似一个调皮的孩子，总会让人无法预料。岁月总有那么些不尽如人意的地方，虽勤奋敬业，也难免坎坎坷坷，却又无能为力。

夜深人静，走到窗前，仰望那皎洁的月光和耀眼的星群，长长地舒了一口气，把满腹的辛酸与苦楚纳为一声长啸。“稚子牵衣问，归来何太迟。共谁争岁月，赢得鬓边丝。”淡淡的思绪轻轻触摸着岁月的骨肉。回首往事，不求生命中有多么精彩风光，只愿不因虚度年华而悔恨。

实实在在地说，我读的书不多，写的字不少。但是，所写的文字，大多是一天的寿命。我也常常期待有人给予褒扬，可怜的是，连批评的意见也不多。有人建议，将发表在报纸杂志上的文章出个集子，我说，谢了。

我对读书写字的感觉，是刻骨铭心的。早在1999年的时候，我在《武威日报》上发过篇文章，题目是《读书写字的感觉》。今天读起来，这篇文章一点都不觉得过时。下面援引全文，略表我对读书写字的切实感受：

（A）

夜来无事，大音稀声，在这远离杂乱的环境里，净手伏案，认认真真地读点书，是一种精神享受，是一种心灵闲适。

读书是一种境界。

静坐于书桌前，天地悠悠，广阔无垠，悠远的历史向我述说，时间老人找我谈话。周围的每一本书都是人生的缩影：安娜的困惑，娜拉的出走，苔丝的叹息，珍妮的温柔，圣母院的岷钟声，茶花女的怨忧，火枪手的胆略，基度山的恩仇，尽向人展示人生的选择，悲壮的缘由。司马迁秉笔直书，曹子建七步成诗，李太白执剑出长安，陆放翁梦里执吴钩，韩昌黎被贬潮州祭鳄鱼，苏东坡漂泊海南饮苦酒，王实甫作西厢叹息有情人，冯梦龙写三言名声入欧洲，吴敬梓落魄一生修儒林，曹雪芹满腔激情寄红楼……书桌旁，悠悠历史拂过，款款人物走来……

读书是件幸事。

记得在七八岁的时候，我们还在拍着净屁股蛋直叫唤：“娃们娃们玩来，天上掉下个羊来，你一碗，我一碗……”那日子真叫苦，吃饱肚子穿暖衣是父辈们的奋斗目标，我们的读书只是一种奢望。

后来母亲几经努力，我终于走进了学门，但母亲常常为几元钱的学费愁眉苦脸，自己掏钱买一本“闲书”读的事儿几乎成了奢望。

参加工作之后，受少年时代的生活条件影响，我不抽烟，不喝酒，节省的钱便买书读。

每买回一本心爱的书，我都要先用牛皮纸或报纸包了书皮，然后再读。现在打开以前读过的书籍，虽然内页中多了许多圈圈点点的“注释”，但是封面依然完整干净。

要读书，就得牺牲娱乐时间；要读书，就得甘耐寂寞；要读书，就得孤守清平，不怕身体日渐消瘦……世间万事都是有失有得，静心读书就会感受到“饥读之以当肉，寒读之以当裘，孤寂而读之以当友朋，幽忧而读之以当金石之琴瑟也”的情趣。

如今时代变化快，读书显得更加重要。

“案头书”关系到工作，马虎不得，必须摆出一种架势来，认真研读，用意志和恒心、决心来苦读，直到知意知味为止；“心头书”是一种享受，凭兴趣而读，心灵为之震撼，精神为之鼓舞，百读不厌不足为怪，读这类书读一次就会有一次新的发现、新的感悟，实乃心灵的最佳栖所；“零散书”和“床头书”抽空常读，了解历史，掌握信息，临睡前读一阵还有助于睡眠。

有书读，有好书读的日子是快乐的。

一本好书是美丽的画卷，秀丽的山川，可爱的动物，多姿多彩，美不胜收；好书是一部历史剧，展现千秋青史，扬善惩恶，公理不朽……读好书，思想在字里行间穿行，哲理在动人的故事中得以注释。

读了好书明道理，吸收其中的营养，升华自己的生命，让人生有了一份明白，多了一份快乐。

（B）

入夜，多少比白天静了许多。

窗外正灯红酒绿、欢歌狂舞。静坐在书桌前，静寂中的独处，正是心灵与大自然、艺术结合起来的大好时光。铺纸挥笔，写字习文实乃快事，充实渗透骨髓。

“不可一日闲过”是生活的需要，也是一种珍爱生命的方式。

泡一杯浓浓的热茶，写一篇思想火花飞溅的文字，自知并不咋样，权当是练笔习字，但心情格外舒畅。

人说，写文章是上坡的营生，是一件苦差事。但对我来说，读书写字给我带来了快乐。

我不会打麻将，不爱看矫揉造作的电视剧，不擅长成天的与人闲侃，大多时间是读书看报，以纸笔为媒，与社会交流，以此来寻求自己精神上的慰藉。

值得庆幸的是，在练笔习字的过程中，常有自己的文章见诸报端。这种“名利双收”的事儿，常常招来同事们的羡慕，自己脸上虽然不“显山露水”，心里却甜滋滋的，暗中更加发奋，按家乡的俗语说：“老鼠尝着油打子的味儿”了。

日久，自己的写作水平竟然大有进步。不久，领导慧眼识才，我没费任何“口舌”便顺顺当当地进了城当上了记者。

当了记者，写文章便成了每天的工作，日日采访，夜夜写稿，年轻气盛，乐此不疲。每到夜深人静时，正襟危坐于书桌前，灯明心亦静，瞬间，被采访者的喜怒哀乐雀跃而来，一张张熟悉的面孔出现在眼前，一句句暖心的话语响在耳边，一腔热情凝于笔端……顿时，笔落纸上“沙沙”响，笔如疾风骤雨，字如行云流水，眼看那一篇篇融入自己心血和汗水的文章写成，劳动带来的快乐之感油然而生。

现在办公实行自动化，要告别纸与笔，心里总觉得空落落的。但工作是第一位的，为了工作的需要，我便开始学用电脑写文章，虽然笨手笨脚，但日日不停，逐渐有了长进。每到夜幕降临，便想到电脑上写一段文字，听着那“当当、当当”敲击键盘的声音，看着电脑荧屏上跳跃的文字，喜从心底涌起。

有时写出的文章朋友捧场：“你的那篇文章不错。”心里高兴得比喝了蜜还甜。正如董桥评价他自己的文章时说：我的东西“虽然照亮了几个夜行人的归途，到底禁止不了贵妇牵着的狗在柱子上撒尿”。董先生的文字本来铅华不落，着墨有情，仿佛陈酒的醇美，新茶的清郁，何况我们所写的蹩脚的东西，能发表，有人读，就心满意足了。

我等人微言轻，干不了大事，能在自己的工作岗位上尽职尽责的干点拾砖添瓦的小事，心中坦然，做人自然。人生在世，总该有所进取吧！

读书写字的感觉，真好！

第二十五章

生命需要正能量

一

古语说，五十知天命。

什么叫“知天命”？我认为就是知道自己几斤几两，到底能干点什么，命中注定该干点什么。

“知天命”的时候，我产生了写《岁月留痕》这部纪实文学的念头。

能行吗？

借用余光中《五十年以后》谓：“路遥正是测马力的时候，为我的马力如何？切附过耳来，听我胸中的烈火！”

经过660个日夜的点灯熬油，我给《岁月留痕》这部书稿画上了句号。

当我把“因为感动，所以敬爱”这八个字，作为一本纪实文学类书籍的结束语时，唯有我心懂其深沉的含义。

这里的感动，只可意会，实难言传。

情感这东西，说来它本身就很怪。有时候，一句问候，一个建议，都能让人心生感动。这种感动，是阳光，温暖人生；这种感动，是驱动力，让人奋起。

由于长期做文字工作，不间断的日夜鏖战，超强度的工作压力，一种叫“抑郁”的东西缠上了我。

先前，一夜一夜地睡不着觉；后来，莫名其妙地情绪低落，自我否定，总是坐立不安，心里火急火燎的……工作出错，痛不欲生。

无奈，投医问药。

医生说：“工作压力太大，导致中度抑郁症。”

我愕然！继而怀疑医生的诊断。

妻说，不信市级医院，就走省城。让人失望的是，省城的医生同市里的医生一样的“水准”，给出的答复，如出一辙：中度抑郁。

我只好灰溜溜地回家，静悄悄地接受现实。

我要保守这个秘密，不告诉别人。因为，我怕的事情很多很多。“抑郁”，它有个洋名：depression。“抑郁”这东西，一点都不好玩。专家说，抑郁症以情感低落、思维迟缓，以及言语动作减少、迟缓为典型症状。“抑郁”到我这里，除了吃药之后的一个小时，其他的时候，要比医生说的活跃了许多。大白天，我会情不自禁“呼”的从椅子上跳起来，冲出去的欲望总是满满的。深夜时，朦朦胧胧入睡，总觉得有人要伤害我，于是大呼一声，惊坐起来，呼呼直喘气儿。

这一连串儿的异常举动，常常惊吓着家人，妻子不敢与我同室而眠。我时常深感内疚，了却残生的欲望就蔓延到我的每个神经末梢。

在一个风雪交加的夜晚，我恍恍惚惚地走出家门，走呀走，不知多长时间，我累了，缓缓地睡去……当我苏醒的时候，已经是凌晨五点多钟，妻子、女儿、儿子守在我的床前，个个泪流满面。他们说，那夜凌晨三点，我只穿了线衣线裤，赤脚离家出走，要不是天下雪，他们顺着我留在雪地上的脚印寻找，这夜我会被冻死。

这些，我全然不知。

二

对于死，我还是蛮害怕的。其实，畏惧死亡不是懦弱的表现，而是对生命的热爱。

小时候，听母亲说，在我两岁的时候因体弱多病导致休克，乡村庸医说“这孩子无救了”，母亲险些将我丢弃在荒野喂了野狗。

如今，可恶的“抑郁”，在不言中让我自觉地走向“荒野”，险些丢弃生命，喂了野狗。死亡的恐惧感就像雾霾一样，笼罩住我整个生活的角角落落，让人窒息。

我想，就这样不明不白地死去，不壮烈，没情趣，愧对我生命过往中的每一个人。想到这里的时候，我突然觉得自己崇高了起来，一股“与命运斗，其乐无穷”的快感在躯体中膨胀，我要在生命的过程中怒放！

于是，我在家人的陪伴下，去省城医院检查治疗。一位原在武威任职过的老领导，现在省政府任职，得知我的病情，介绍我到北京一家部队医院检查治疗。

到了北京的医院，几经检查，几经会诊，几经折腾，军医给出一个诊断结果："双向障碍，建议住院治疗。"在"百度搜索"一查，双向障碍属于心境障碍的一种类型，指既有躁狂发作，又有抑郁发作的一类疾病。世界卫生组织、世界银行和哈佛大学的一项联合研究表明，抑郁症已经成为中国的第二大病。抑郁症严重困扰患者的生活和工作，给患者家庭和社会带来沉重的负担，约15%的抑郁症患者死于自杀。

"回家。"我一声大喊，妻子浑身一颤。"我不信这个邪！"妻子见规劝无望，顺了我，回家。

本人还未到单位，医院的电话已经通知到了单位领导。看来，我的"秘密"无法继续保密下去。

我一边治疗，一边吃药，一边上班。领导和同事都很关心和照顾我。越是这样，我的心里越不好受。

"我还年轻，我应该肩担重任。"我争辩。领导却对我说："既要干好手头的工作，也要注意身体，坚持治好病。"

当领导了解到我的症状后，建议我利用闲时写写文学作品，也许能把注意力集中到作品里去，对治疗有好处。

后来，我细细一想，不妨试试。便有了创作的念头。

三

“心病”需要打开心结的钥匙。单位领导温暖的关怀和建议，是这把钥匙吗？

我不能点头，也无法摇头！但，领导的关心，的确像一股暖流，时常流过我心间，时常让我心生感动。

因为感动，所以，我要行动！

长期服用一种写满洋文的西药，贪睡、手颤……于是，白天上班，我坚持工作；夜晚，我无法入眠，就把往事写下来。

每到夜深人静时，正襟危坐于书桌前，灯明心亦静。“当当、当当”敲击键盘的声音如乐符，看着电脑荧屏上跳跃的文字，思绪就如春天放飞的风筝，跃动、升腾……快乐就从心底涌起。

每晚坚持写字千余，月余时间，写字逐渐成瘾。夜幕降临，我就开始写字，写困了，就吃药、睡觉，整天满脑子是要写的故事、人物，晚上的梦中也是与主人公对话，迷迷瞪瞪、晕晕乎乎，喜喜乐乐……

三个月之后，去医院复查：“病情恢复较好。”

我把事情的来龙去脉告诉医生，医生说，这是一种不错的心理疗法，有益于病情好转。

四

热心的医生告诉我，抑郁症的心理治疗方法有很多种，不同的患者，有不同的治疗方案，有支持性方法、人际关系心理方法、音乐心理治疗，等等。家人和朋友积极主动帮助患者进行交流，让患者把自己的压抑心情倾诉出来，舒缓自己内心的压力。通过写作，释放自己内心的压抑，对我来说是一种极好的治疗方式，可以消除不良情绪，让自己信赖自己，乐观地与“抑郁”作斗争。

有了战胜“抑郁”的方法，就有了希望。我欣喜。狗日的“抑郁”，一点也不可怕。

冥思苦想地去编故事，常常使人产生幻觉，妖魔鬼怪就钻进脑海，恐惧也随之而来。唯有撰写身边真实的故事，才能让心灵找到踏实的感觉。

生命需要正能量。

那日，伏案之时，正值夜深人静的时候，抬头望望窗外的景致，霓虹闪烁，车水马龙，多变的景致，在从事记者工作的二十多年里，我参与过国务院总理温家宝等国家领导人视察甘肃的采访活动；参与过尼日尔共和国原议长马哈马内·奥斯曼到民勤县考察风沙治理，土库曼斯坦科学院原院长巴巴耶夫·阿加德让·盖里季耶维奇出席第六届武威“天马”文化旅游节等的采访活动；专访过秦大河、胡启恒等科学家；也采访过无数的农民工人知识分子，赞美过许多劳动模范、先进工作者，结识了不少的朋友。但是，对我来说，能浓墨重彩地去大写一笔的是谁？

熟悉的身影如同影视剧剧情，在脑海中哗哗掠过。全国五一劳动奖章获得者，甘肃省“优秀中国特色社会主义事业建设者”，甘肃再就业建设集团董事长、总裁高禧先生的身影在我眼前定格。

五

高禧，他能真正感动我的是什么？

这个疑问，扯开了二十多年来我与他往来的情景，一缕缕淡淡的思绪，引发我深深的思考：认识高禧先生已有数年，多次采写过他的感人事迹，深刻了解他昨天创业的艰辛，真切感受过他今天成功的喜悦，看好他未来事业的美好！

我读书，兴趣广泛。文学、医学、书法、农业、科幻、武侠、周易……甚至地摊上的小人书、盗版书，有空也会翻翻。

我写文章，却一本正经。信奉“人不可有傲气，但不可无傲骨”这句饱含人生哲理的话语，始终小心翼翼，如履薄冰，其关键因素，一是怕写文章不慎，招来麻烦，断了来之不易的生存活路，二是唯恐有人在背后指指点点，落下骂名。

纪实文学，它不同于小说可以虚构人物、情节，它必须以现实生活中的真人真事为写作的对象。写真，是纪实文学作品的重要特征，要接近时代的真实，人物的真实，心灵的真实，人格的真实。

纪实文学的真正价值，就是真实地记录一个人、一件事，通过真实地记录，告诉当代、告诉未来，在某个时期，有一些人，过着这样的生活，不停地努力着、追求着、生存着，反映这个时代人们的生活。这里存真存实，少了卖弄，更不需要煞费心机地去编排故事。

一部纪实文学的问世，尤其是一部以人物为核心内容的纪实文学作品，要得到世人的认可，实属不易。基于此，我开始了采写《岁月留痕》的苦行僧之旅。

第二十六章

自我尊重是正道

一

说实话，我自小就爱钱，更崇拜能挣到钱的人。钱不是万能的，但是没钱，是万万不能的。有时候钱能给人尊严。

贫困，不仅折磨一个人的肉体，更会嚼噬他的心灵。

童年的岁月，是困苦的。

上小学，每一个学期需要五角钱的书本费，我常常是班里赊欠书本费的学生之一。有时候，这赊欠的五角钱，就成了有赊无还。因此，小小的自尊心，常常被小小的五角钱伤害得很重很重。

四岁失去父亲，生存下来，就很不容易。听母亲说，小时候，我体弱多病，常常感冒咳嗽，一咳嗽就呼吸困难，常常憋得嘴唇都紫了。一次因一个小小的感冒医治不及时，小病拖大，险些丧命。

好容易活了下来，能有上学的机会，实属难得。即便会受许多屈辱，也只能把屈辱当作是一种应该承受的东西。也许就是这个原因，我自小承压能力极强。

二

记得是一个夏日的夜晚，我躺在自家的土房顶上，看着满天的星星想，啥时候我能有挣到很多钱的本事？

晚风习习，夜静无声。我带着美好的挣钱愿望入睡。竟然梦见我拿着一张崭新的五角钱，交给了老师说，这是我上学期赊欠的书本费。

那份自豪，绝不亚于世界体育冠军登上领奖台。

惊醒，一切依然如故。再好的梦，也只是个梦，并不是现实。

第二天，我最惆怅的事依然是怕见到那位年轻的班主任老师，怕他在同学面前，用极其刻薄甚至带有羞辱性的语言，催要我赊欠的那五角钱的书本费。至今，想起这些往事来，我依然会潸然泪下。

“与人家比别的，我们没有，可脑袋瓜子人人有一个，要和人家比一比。”母亲常说，我认真地点点头，牢牢地记在心中。

无论冬夏，天麻麻亮，我就在自家的房前屋后、田间地头背书。冬天早晨六七点，衣着单薄的我总是猫着腰，边背书、边跺脚，手脚总是冻得红红的。

母亲说，“不受苦中苦，难成人上人呀！娃娃，要改变自己的命运，就得读好书呀。”这成为我发奋读书的动力。

上小学五年级的时候，学校常常召开批斗会，作为班长的我常常要上台代表班集体表态、发言，要为班集体写黑板报，也许是这个原因，我喜欢上了书法。可家里穷得连买盐的钱都是从鸡屁股里掏的，作业本都是正面写了反面写，直到看不清楚为止，还哪来的钱买纸练字？

那时候，学校、社会上召开大小会都兴贴标语，凡有大小的会议召开，大街小巷，红的、绿的、黄的标语就贴上一片。

每当夜深人静的时候，我就悄悄地去把大街小巷的标语揭下来，订成本子，用红土为墨，练习写字。

对于有钱念书的一些孩子来说，念书也许是一种负担；对吃饭都成问题的我来说，念书却是一种希望。

小学五年级，随着作业量的增加，对作业本的需求量也在增加。八分钱一本的作文本，只有二十八页，一页只能写一百二十字，我写一篇八百字的作文，就要用去作文本的三分之一。

老师要求我们每周写一篇作文，一篇周记，一月大约要写八篇，就需要三个作文本。再加上其他课程所需的作业本，一学期需要三十多个作业本。

为了能有作业本，我学会了给同学“打工”。班上有一些家庭条件好的同学，最怕的事情是写作业，我就替他们完成每天的作业。数学作业我自己做好了，就让他们照抄，报酬是照抄我的作业，他们给我一页作业本纸。作文是不能照抄的，需要另写一篇作文，给同学写一篇作文，给我五页作文本的纸。如果受到老师表扬，则要给一本新作文本。

这样一来，不但解决了我缺作业本的问题，而且略有富余。

三

提起往事，总有人同情地说："你的童年真苦。"我不以为然，好像从小我就挺能"安贫乐道"，而且总觉得每收到那几页作业本纸，是一种成就感。在那困苦的岁月里，只感觉自己没有挣钱的本事，始终没有感觉到苦难。

我有一种与苦难抗争的积极心态和勇气。20世纪70年代末期，我已到乡办的一所初级中学读书，每学期的学费涨到了5元钱，再加书本费、班费、资料费，每学期最少也要20元钱。

假期里，我便跟随村上的青壮年去九条岭煤矿挖煤。九条岭煤矿，位于甘肃省张掖地区肃南裕固族自治县境内。我去的是一个叫卫星台的小煤窑，是国营九条岭煤矿机械化采挖后的尾矿区，煤层的厚度不到一米，只能靠人力采挖。在那里采煤的民工不叫工人，叫窑匠。窑匠自从上山开始，不论是十日半月，还是一年半载，只要在山上就洗不了脸，更不要说洗澡。

汗水和煤尘在窑匠们的脸上结下一层厚厚的煤垢。在煤窑里，只能看清窑匠们闪动的眼睛和白色的牙齿，其余的都与煤融为一色，基本看不清楚他们面部的喜怒哀乐。

“窑匠上山，眼窝子一翻。”这句民谣意思是说，上山挖煤的窑匠，只看重钱，不讲人情。但我在卫星台挖煤的三十多个日日夜夜，切身感受到了窑匠们的淳朴、善良、宽厚、仁爱。

罗老汉、高队长、张大个子……他们从农历正月二十上山，到我去卫星台的腊月初，已经整整十一个月没有下山了，见到瘦小的我来煤窑当窑匠，他们先是迟疑，继而叹息。

“三片石头夹一片肉的营生不好干，这么小你怎么来当窑匠？”我没有回答罗老汉的问话，讨好地向他笑笑。罗老汉从高队长口中得知，我是个学生娃，罗老汉再没有多问，“走，吃饭去。”拉上我向灶房走去。

中午到了山上，当天晚上，高队长就安排我去上夜班。

“带好这个娃娃，不能出丝毫的安全问题。”高队长对张大个子说。

“嗯。”张大个子脸上没有表情。

我戴上黑黝黝的安全帽，拿起矿灯，跟着张大个子猫着腰，进了煤窑。

煤窑的巷道不是太深，也就一千米左右，有一个三十度左右的下坡。走习惯了巷道的窑匠们猫着腰，一溜烟就不见了人影。罗老汉带着我磕磕撞撞地向煤窑深处走去。来到采煤的掌子面上，张大个子把我安排在比较安全的地方，为了节省矿灯的电量，我和罗老汉将矿灯电源关了，悄悄地坐在黑暗处，看着张大个子挖煤。

漆黑的煤窑里，只有张大个子一个人抡圆了膀子，用煤锤奋力刨挖。他头顶上的矿灯，随着身子的舞动，在重复地画着半圆，如蝶飞舞。我呆呆地望着这个“画面”遐想，罗老汉却屏住呼吸，紧紧地盯着掌子面上的“顶板”。

后来，我从窑匠们的谈论中知道，张大个子抡圆了膀子挖煤的时候，他的人身安全就完全交给了罗老汉和他的伙伴们。“三片石头，夹着一片肉”说的就是窑匠们真实的工作环境。在那个年代，小煤窑采煤的采空区，只用碗口粗的木头打个柱子顶着，如果窑顶塌陷，木头柱子根本无法支撑，在掌子面上采煤的窑匠们的生命安全，就全靠自己的预防和运气了。

一会儿，张大个子就挖下了一堆煤。

张大个子喘着粗气，坐下来休息，我和罗老汉便往架子车里装煤。

煤车装满后，不善言语的王哥，就架起车，按三下电铃，煤窑口的卷扬机就嗡嗡的转动起来，牵引着煤车，缓慢地向外走去。

这夜，我们五人，挖出了三十一架子车煤。

走出煤窑的时候，阳光已经洒满了大地。罗老汉悄悄地告诉我：“昨晚，你能挣到五元六角钱。”

辛苦而新奇的窑匠生活过了七天，高队长说，过了腊月初十，就要封窑了，窑匠们要下山，辛苦了一年的窑匠们要和家人去团圆过年。

高队长安排我看窑。“一天一块五毛钱，看好窑，不要让坏人把窑上东西破坏了。”

“嗯。”我点点头。

罗老汉走到我的面前，摸摸我的头说：“娃娃要操心。”

“嗯。”我点点头。

张大个子走到我的面前，把一把花生米装进我的兜里，说：“操心。”

“嗯。”我点点头。

王哥走到我的面前，咧咧嘴，没有说话。

“嗯。”我点点头。

高队长安排人，给我拉来了一水箱清水，买来了两斤大肉、一袋面粉和豆腐、白菜、粉条……说：“操心。”

“嗯。”我依然点点头。

……

那是一个雪花飞舞的中午，辛苦一年的罗老汉、高队长、张大个子、王哥等窑匠们，踏着积雪，下山回家过年去了。

风吹雪花漫天飞舞，我立在窑匠们住过的“窝铺”口，看着他们远去的身影，心里泛起淡淡的一缕惆怅。

窑匠下山的时节，卫星台一片宁静，我住在窑口的卷扬机房里，昼夜守护着那个黑黝黝的煤窑洞口。

白天，我把窝铺里的火，升得旺旺的，一日三餐有菜有肉，我吃得饱饱的，闲下来的时间，我就去认真地读些书。

夜晚，我提着矿灯去巡查煤窑口的安全。

荒山，黑黝黝的，如虎如狮，扑面而来；山风，“呜——

呜——”的响，如泣如诉，不绝于耳。此时，孤寂的我，心里发憷，便大声地对着大山歌唱：

我们走在大路上，
意气风发斗志昂扬，
共产党领导革命队伍，
披荆斩棘奔向前方。
向前进！
向前进！
革命气势不可阻挡，
向前进！
向前进！
朝着胜利的方向。

革命红旗迎风飘扬，
中华儿女奋发图强，
勤恳建设锦绣河山，
誓把祖国变成天堂。
向前进！
向前进！
革命气势不可阻挡，
向前进！

向前进！
朝着胜利的方向。

我们的道路洒满阳光，
我们的歌声传四方，
我们的朋友遍及全球，
五洲架起友谊桥梁。
向前进！
向前进！
革命气势不可阻挡，
向前进！
向前进！
朝着胜利的方向。

我们的道路多么宽广，
我们的前程无比辉煌，
我们献身这壮丽的事业，
无限幸福无上荣光，
向前进！
向前进！
革命气势不可阻挡，
向前进！

向前进！

朝着胜利的方向。

刚开始，歌声还算铿锵有力，慢慢地变成声嘶力竭，最后，变成了鬼哭狼嚎一般，等我巡完窑口，唱完歌，走进窝铺的时候，已经是泪流满面。

三十多天，每日每夜，我都像盼亲人一样盼着罗老汉、高队长、张大个子、王哥和所有的窑匠们上山。

春节之后的正月二十六，离开学还有三天时间的时候，窑匠们上山了。

我没有见到罗老汉。高队长说，老人忙着要盖新房子，要给他的儿子娶媳妇。

我没有见到张大个子。高队长说，大个子买了辆四轮拖拉机，把石门峡的石灰石拉到十八里堡水泥厂，跑运输，挣大钱。

我没有见到王哥。高队长说，王哥要娶新媳妇了，二月初六是他结婚的大喜日子。

……

听了这些好消息，我并不高兴，因为我没有见到盼了一个多月时间的罗老汉、张大个子、王哥……心里空落落的。窑匠们上山的第二天，我怀揣着高队长给我的六十七元工钱，悄悄地离开了卫星台。

当汽车启动，离开九条岭煤矿的那一刻，我“哇”的一声大哭了起来。这一别，三十多年，我再也没有去过九条岭卫星台。其实，那里对我来说，是一个充满温暖的地方。这些年，我时常想起卫星台那个地方，有时候还能梦见九条岭卫星台的那些山，那些人，那个黑黝黝的窑口，那辆从煤窑深处运煤的架子车，那台嗡嗡转动的卷扬机和那炉熊熊燃烧、能照亮和温暖窑匠们居住的整个窝铺的炉火。我参加工作后，写了一些关于九条岭卫星台那山、那人、那窑的一些文章，1988年发表在文学期刊上的短片小说《卫星台的窑匠们》还获了奖。

四

人们说：马瘦毛长，人穷志短。前半句话，我没有考证，后半句话，我一点儿不信。童年、少年的艰难生活，能消瘦我们的肉体，却始终没削弱我们追求美好生活的意志。

彻夜的油灯，总能把我的那双小眼睛熬成红红的小灯笼，伴随着困苦，我放飞理想，追寻梦想。

那时候，参加高考，首先要参加预选。我所在的学区，共有四百余名参加高考的学生，预选中，我名列全学区高考预选的第一名。

高考的日子就要到了，可前去县城参加高考的盘缠还没有着落，嘴上不说，心里却是火急火燎的。在开考的头一天下午，母亲给了我五元钱，在书包里装了六个大麸面馍馍（白面、黑面掺和在一起的面粉，家乡人称其为大麸面），我高兴地乘乡村公交去县城参加高考。

从乡村到县城的车费六角钱，看看手里还剩余的四元四角钱，我一算计还要有两天时间在县城住宿吃饭，为了省点钱，我就住进了县城的一家一晚五角钱的车马店。晚上，我和六七位从乡村到县城办事的大叔们住在一个通铺的土炕上，昏暗的灯光下，大叔们“扑哧扑哧”的抽着旱烟锅子，相互诉说着自己生命过往中的故事，戏说着男欢女爱的古今绯闻趣事，客房里烟雾缭绕，一片嘈杂，实在无法看书。夜深了，大叔们熄灭了灯火，鼾声就一长一短、时高时低地响了起来……我躺在土炕的一角，想着县城的考场究竟会是什么样子。

早晨，天刚麻麻亮，我就起床，三角钱一碗的臊子面，我吃了一碗，就向考场赶去。中午，一碗臊子面吃不饱肚子，我就在面汤里泡上馍馍，一样管饱。下午，走出考场，行走在县城的街道，看到街道两旁的红水萝卜，我用一角钱买了十个红水萝卜，就着馍馍，一顿晚饭就这样过去了。

第二天下午5点，考试结束了，我身上还有一元钱，如果吃了饭、住了店，就没有回家的车费。回到车马店，我静静地想，我该怎么办。这时，我发现同村的王哥也来到了这家车马店。他知道我的情况后，说：“走，我们扒火车回家去。”一听，我高兴了起来，用六角钱吃了两碗臊子面，揉着胀鼓鼓的肚皮，跟着王哥去古浪火车站扒火车回家。

县城到家，有四十八里路。从县城到十八里堡，十八里的路程，这段路程，可以通过扒乘火车来完成，剩余的三十公里山路需要用脚来丈量。

我随王哥来到古浪火车站上时，恰巧有一列去兰州方向的油罐车静卧在铁轨上喘气。我和王哥乘工作人员不备，悄悄地趴上了列车。

一声长鸣，列车启动了。

王哥说，西行的火车从乌鞘岭上下来，速度快，刹车难，去兰州的火车，要给西行的火车让道，到十八里火车站必停，我们就乘机下车。可是，我们扒乘的火车到十八里堡火车站并没有像王哥说的那样停下来，“呜——呜——”长鸣着汽笛呼啸而过，我看看王哥，王哥望着灰蒙蒙的天空不说话了。

列车在一个叫刘家台的火车站停了下来，我和王哥下了火车。王哥说，古浪到十八里堡十八里路程，刘家台到十八里堡八里路程，我们少走十里路。顿时，我的心情好了起来，跟在王哥的屁股后面，向十八里堡赶去。

走走歇歇，歇下来的时候，王哥就给我讲他去新疆淘金的故事，讲吐鲁番的葡萄、哈密的瓜，当讲到大阪城的姑娘时，王哥还跳起了新疆舞……这夜，我们走走歇歇，等回到家时已经是鸡叫三遍，东方发白了。

五

感谢苦难，使我坚强！它是我成长、成才，磨砺意志的砥石。终于，我完成学业，意气风发地走上了工作岗位。

“渴望着自己有很多钱”的这个初衷未改。但是，我坚守“君子爱财，取之有道”。于是，我不懈地努力，用勤奋和智慧，去实现自己的梦想。然而，时至今日我也没有挣到很多的钱，只是温饱而已。我很羡慕有挣钱本事的人，更尊重能让许多人挣到钱的人。

高禧先生就是这样的人，他会挣钱，而且能带领许多人挣钱。

他白手起家，经过三十多年的不懈努力，创下了这么大的一份“家业”；他艰苦创业，年吸纳安置社会剩余劳动力三千多人，带领更多的乡亲们脱贫致富；他富而思进，积极足额地向国家上缴税金，向社会公益事业捐款千万元……

“发展自我，回报社会，让员工生活得更体面、更有尊严。”这是高禧和他的企业追求的终极目标，也是他对社会做出的庄严地承诺。这个让人热血沸腾的诺言，何等豪迈，几多温暖。

语言是心灵的窗户，透过这扇窗，可以看到人们的内心世界。高禧不仅自己有挣钱的能力，而且有带领乡亲们挣钱的魄力，还有让许多人挣到钱的胸襟。这些凡人之美，使他那颗仁爱、利众之心高尚起来……包括了真，也包括了善，使我很感动。因为感动，所以敬爱，我想努力地去为他和他的事业做点什么。

第二十七章

地域文化是脊梁

一

说实话，一个人信服一个人，不是一件容易的事情，更何况是一个从大山深处走来的，具有大山一样坚毅的品格和“宁折不弯”的男人，信服另一个男人，并为之感动，实属不易。

其实，高禧先生让我信服和感动的不仅是拼搏、进取的创业精神，仁爱、利众的心灵之美，还有懂得感恩，饱含大爱之情，所有这些都贯穿了武威地域文化所推崇的忠、孝、节、义。

高禧先生出生于凉州，我出生在古浪。凉州、古浪同属武威管辖。常言道：“五里不同俗，十里不同音。”虽然凉州、古浪的部分村庄一墙之隔、农田一埂之隔，甚至你中有我，我中有你。但是凉州、古浪的民俗风情、民众方言口音，都有不同之处。

凉州民众方言口音里，没有前后鼻音之分，或者说只有后鼻音而没有前鼻音，比如将in读为ing，将un读为ong，将en读为eng，比如读“乡村”为“香葱”，“森林”为“僧灵”，“人民”为“仍名”……把“今日春分”读为“经日冲锋”。除了上面的读音特点外，凉州人还将韵母an读为ang，比如，人们将“安”读为“昂”，“班”读为“帮”，“前”读为“强”，“连”读为“凉”，“言”读为“羊”，“饭碗”读为“放王”，“案板”读为“昂帮”，“宦官”读为“晃光”……比如凉州人会把“三天不吃山药米拌面，心里干焦干焦的”说成“桑tiang不吃桑月米邦miang，心里刚焦刚焦地”……

古浪民众方言，语调柔和、语速缓慢，意味悠长。在声韵方面，保留了更多的古声，如本来声母为c、s、x、q、j，在古浪方言中有时就会变成ch、sh、h、k、g，如“颜色”读为“颜射”，“杏子”读为“横子”，“腔子”读为“康子”等。凡普通话中韵母ei，同b、h、m、n、g几个声母相拼的音，在古浪方言中就会变化为其他读音，如“北方”读为“播方”，“每天”读为“明天”，“给”读为“夹”等。古浪有些方言词汇非常形象，如天门梁（天门盖）、鼻疙瘩（鼻子）、犟绊筋（死板人）等；尤其是那些用比喻手法构成的词，表现力极强，如石娃子（鹅卵石）、辣角子（辣椒）、顶皮裤（替罪）等；重叠式的词汇就更有意思了，如红丢丢、胖乎乎、酒盅盅、尕手手等。歇后语也是古浪方言中的一个亮点，如鹰雀不要笑老鸦——都是一双黑爪爪；屎爬牛哭妈妈——两眼一抹黑等。古浪方言词汇中，要数表述时令的词较为复杂。普通话中的前天、昨天、今天、明天、后天……在古浪话中为前日个、夜了个、今个、明个、后个、外后个、老外后个等。比如有两个人在路上打招呼，年轻一点的说："张家爸，你咋去哩？"上了年纪的回答："将吃罢晌午，去自留地里转一转！"年轻人又问："你们的自留地在哪嗒哩？"上了年纪的人答："在那……个嗒嗒哩！"又问："那你多忽子回来哩？"答："一忽忽就来了！"

独特而有趣的方言口音，是我们的祖先留给我们的最重要的标志之一。凉州、古浪民众方言口音是武威地域文化的重要组成部分。从风趣幽默的方言中，不难看出先民们深厚的生活底蕴和他们无处不在的幽默和睿智，处处透露着人们的聪明才智和活泼乐观的人生态度。

二

凉州、古浪民众的方言口音有所异同，逢年过节人们所喜欢的古老传统的文化也各有喜好侧重。

凉州人，喜欢听贤孝，古浪人，喜欢听宝卷。

凉州人喜欢的贤孝，它以一种极为直白、朴素的形式，作为一种通俗的审美对象而存在，深受广大群众喜爱，具有极强的生命力。

古浪人钟爱的宝卷，它集文学、音乐于一体，具有浓郁的古浪地方特色，是一种流传久远的古老说唱艺术，具有极强的艺术感染力。

弹唱贤孝与念诵宝卷，都是民间说唱艺术，在凉州、古浪均有流传，但在不同的地区，同样的说唱艺术却有着不同的表现方式。

但是，不论是凉州贤孝，还是古浪宝卷，最牵动人心、最受人们喜爱的还是它的核心内容中，始终贯穿了被传统道德所推崇的忠、孝、节、义，所讲述的故事中的主人公都是心地善良、忠贞不渝的正面人物，故事的结局都体现着善得善报、恶有恶报，人心向善的美好愿望。这种故事勉励人们忍辱负重，积德行善，尽忠尽孝，让人相信因果报应，对生活充满希望和憧憬。

“转轴拨弦三两声，未成曲调先有情。”一踏上凉州的土地，不论是乡里城里，农舍庭院，还是街头巷尾，茶坊酒肆，只要是人群聚集之所，几乎随处都可以看到这样一幅乡土味十足的民俗风情画：一位双目失明的盲艺人，怀抱三弦，席地而坐，自弹自唱。周围或站，或蹲，或坐，围满了听众。盲人那动情的演唱，时而低沉，时而欢乐，时而悲愤；人们的心被他深深地牵动着，或怒，或喜，或悲，或愁，或感叹唏嘘，或自言自语。凉州人在这种乡土艺术的浓郁氛围里，咀嚼着人生的酸甜苦辣。20世纪90年代我写过一篇《凉州茶摊》的散文，刊发在了当时的《甘肃日报》文艺副刊上。

古浪人念卷则不同。我曾在2010年写过一篇《念卷》的文章，见于《甘肃日报》《武威日报》。念卷的风俗在古浪广泛流传。

在冬闲的长夜里，尤其在过年的日子里，古浪乡村农家总喜欢念卷。

夜色降临，华灯初上。左邻右舍、当家户族的男女老幼相聚本村、本族的长者家中，或盘坐在热腾腾的土火炕上，或围坐在旺旺的火炉边，众星捧月般坐在“念卷人”周围，静心屏气倾听宝卷。

屋内炉火通红，火炉上的茶壶内，茶水沸腾，热情的主人会给前来听卷的人们泡一杯用红枣、枸杞、桂圆、冰糖、花茶为主要原料的“三泡台”，端上花卷、馒头什么的。

卷，源于敦煌变文，它集文学、音乐于一体。念卷，严格地说，应该是唱卷。

“念卷人”往往是本村或本家的文化人，嗓音很好，善于歌唱。如果条件允许，旁边还有二胡三弦伴奏。整个过程时念时唱，根据故事的情节，声调时高时低，抑扬顿挫。每唱至末句，在场众人要合唱一句“南无阿弥陀佛”之类的唱词，称之为“喝佛”，气氛很是和谐、欢乐、愉快。

卷本中吟唱曲调较多，有哭五更、降香调、过江调等数十种。通俗的说法，有“五音调”“七音调”“九音调”“十一音调”等按唱词每句字数区别的音调，很容易学唱。

流传的卷本主要有《四姐卷》《对指卷》《红罗卷》《紫荆卷》《康熙爷私访山东》《红灯卷》《包公三下阴曹》《白马卷》《鹦哥卷》《救劫卷》《牧羊卷》《白玉楼挂画》等四五十部。念卷是一种富有教育性和娱乐性的活动。所有卷本中都贯穿了被传统道德所推崇的忠、孝、节、义，所有卷本的主人公都是心地善良、忠贞不渝的正面人物，他们往往要经受诸多非人的苦难，直至最后，苦尽甘来，善得善报。这种故事勉励人们忍辱负重，积德行善，尽忠尽孝，让人相信因果报应，对生活充满希望和憧憬。

念卷有好多讲究。念卷前，念卷人要洗手、上香，是十分恭敬的。人们称卷本为“宝卷”。倘向人家借卷本，不能说“借”，否则人家不答应，要说“请宝卷”才行。

卷本不能随便乱扔，一般都用一块红布包起来，保存得很好。过去，读过书的人要抄卷，每次动笔前都要洗手、上香，恭敬其事。尤其老人们，把卷本看得很神圣。现在，现代文明在农村中迅速普及，电视、电影，音乐茶座等也普及乡村，但是念卷，这种独特风俗还保留着。

念卷作为一种流传在民间的群众文化活动，不仅给人们提供了大量的精神食粮，而且通过中华民族的传统道德观念的教育，熏陶和感染了一代又一代人的情操，对社会的安定和谐起到了一定的作用。

其实，听贤孝、念宝卷都是武威地域民俗文化的重要组成部分。

当这个世界日趋纷繁、喧嚣、热闹的时候，总有一种力量，是我们每个人心中的定海神针，以永恒不变的善良，抚慰着人们迷乱、困惑、焦灼的心灵，给人们清醒、祥和、宁静，这就是地域民俗文化，它是人们的一种精神寄托。

三

武威地域文化中推崇的忠、孝、节、义，是为了奉劝人们要心地善良，信奉因果，懂得感恩，积德行善，相信善的力量……

村子上的康奶奶、高奶奶是母亲的同龄人，现在都不在世了。记得小时候，我家虽然很穷，但每当有些好一点的吃喝，母亲总是要让我们给康奶奶、高奶奶端一点过去。那年的冬至节前，大哥捉了一只野鸽，为了让一家十三口人（大哥、二哥都已经结婚、生子）都吃上肉，母亲做了一大锅米面条，把野鸽炒熟后投到了饭里，望着香喷喷的肉面条，我们弟兄几个都拿着饭碗站在锅台下，母亲却先舀了两碗，让我们弟兄几个分头给村上的康奶奶、高奶奶送去。每逢农历的八月十五，家乡都要蒸月饼。车轱辘大的白面月饼，被五彩的食色分成或红、或绿、或黄、或黑不同的七层，看着眼馋，吃起来酥、软、香、甜，如果用鲜美的羊肉汤泡月饼，那可真个价叫绝哩。

为了把车轱辘大的月饼蒸好，父辈们在春天就开始做准备。每年要在房前的园子里种上些香豆子、胡麻、灯盏花等植物，及时采叶、抽蕊、收籽，晾干后收藏。临近中秋，母亲把炒熟的胡麻籽和晾干的香豆叶、灯盏花叶等分别碾成粉末，再买些姜黄粉、红曲粉等，作为蒸月饼的颜料。蒸月饼是很讲究技巧的。月饼的味道不仅取决于发面发得恰到好处，而且还要颜料搭配得色彩相宜。蒸月饼的面要经过几天发酵，然后被擀成一张张面饼，涂上清油，分别撒上褐（胡麻粉）、赤（红曲粉）、绿（香豆子）、黄（姜黄粉）等颜色，一般底部为褐色，顶部为黄色，共九层，寓意“皇天后土”，面饼一层层摞起来后，再用一张比较大的面皮从上面包裹起来，放在竹编或木制的直径为二尺四左右的蒸笼里，一笼一个月饼开始蒸。月饼蒸熟后，要用木头雕刻的点缀子分别沾上红、绿食用色素，点上梅花、菊花等图案，然后等月饼晾冷了切开即可食用。

那年月，家乡人日子过得都不富裕。即便是母亲下了狠心要给孩子们蒸月饼，也绝不敢冒傻气，用一家人几天的口粮去蒸车轱辘大的月饼，只是蒸个小面盆大的月饼，小心翼翼地分开了，每人一块尝个鲜。

但每逢过农历八月十五，母亲是要蒸许多的花馍馍的。核桃大小的花馍馍形似小狗、小猫、老虎、狮子，各式各样，用食用色素装扮得栩栩如生，活灵活现，甚是好看。

记忆中每逢蒸花馍馍，总是晚上。那时我还小，母亲拉着破旧的风箱“啪哒——啪哒——”有节奏地响，灶火里的火苗就随着母亲拉风箱的节奏一起一伏地跳跃，我依在母亲的身上呼哧呼哧地睡觉，红红的炉火映在我的脸上暖暖地，母亲要把我抱到炕上去，我就哭着，拽紧她的衣角不走，直到把花馍馍蒸好了，母亲给我几个我才高兴地去睡觉。

母亲把蒸好的花馍馍，总是放在我够不着的地方，才去睡觉，她怕我们兄弟几个把她的花馍馍偷了去“一顿饱餐”。可要是亲朋好友或邻居的孩子到我家来串门，母亲就会很大方地送给孩子们，大家争着、抢着，欢乐就溢出我家的小院。我曾写过一篇《古浪月饼车轱辘大》的散文，刊发在《甘肃农民报》上，至今，回忆起家乡的月饼和那过中秋节的情景还是能在我心中升起一阵暖意。

其实，在传统民俗中秋节蒸月饼，折射出了人们对美好生活的期盼，是乡亲们辛勤劳作了一年，对自己朝夕相依的这片热土心存感激。

四

父亲早逝，在我的记忆中，他只是一个模糊的影子。母亲是我生命的依偎，我的许多方面深受她的言行的影响。我的性格相对随和，甚至有些懦弱，不爱争斗，总认为今天的大事，到每天就不是事了；今年的事情，到明年就成了故事。

记得小时候，我家人口多，缺劳力，生活过得不易，没少得别人的关心和帮助。母亲说，我们要感恩帮助过我们的所有人。

邻居家遇到事情，母亲总是主动地去帮忙。邻居的新媳妇生孩子了，母亲总是要做些鸡蛋面片什么的，让家里的年轻人送过去，看看“月子”。

村上有老人去世，母亲总是不请自到，为亡者梳洗穿衣，给乡亲端茶送饭，直到把丧事办完。母亲说：“乡里乡亲的，生活了一辈子，要‘走’了，说啥都该去送送吧！年轻人心粗，给亡人梳洗穿衣不行当，人生一世，闹哄世界几十年，要走了就让他干干净净、整整齐齐地离去！”

她常常对我们说：“远亲不如近邻。乡亲们生活在一起，相互之间要好好照应着。雨帮水，水帮雨，大家才能生活得舒心。”“雨帮水、水帮雨”，母亲这些朴素的话语，今天想起来仍觉得有一种深刻的哲理呢！

五

地域文化是特定区域的生态、民俗、传统、习惯等文明的表现。它在一定的地域范围内与环境相融合，因而打上了地域的烙印，具有独特性。地域文化是一方水土的基因，我们每个人都携带着一方水土的基因。父母又是孩子的第一任老师，他们的行为引导着子女成长的方向。武威的地域文化像太阳的光辉一样，呈现出多种色彩，牵引着生活在这片宽厚热土上的一辈又一辈人们的心智，让这里的人们心存感恩。在地域传统文化潜移默化的教化、熏陶和感染以及母亲言行的影响下，我不高估自己，也不小看自己。不自恋、不自大、不自怜，但常常自省、自知，亦自重。

走近高禧先生，我被他持之以恒的创业精神和至诚至真的感恩之心所感动着。如果说，从“穷则思变”到“致富思源”，是高禧思想认识上的升华，那么，“富而思进”则是他对社会、对生命过往中每一个生命感恩的表达。他把对时代、对员工、对亲人的感恩转化为“发展自我、回报社会，让员工生活得更体面、更有尊严”的行动。高禧先生具有干事业的胆识和魄力，具有干成事业的执着和能力，具有干好事业胸襟和坚韧，具有一颗博爱、感恩的心。

第二十八章

敬爱因感动而生

一

2015年3月18日，高禧先生编著的《人生因奉献而丰盈》一书由黄河出版传媒集团宁夏人民出版社正式出版了。甘肃省建筑业领域、文化艺术界的一些知名人士及高禧先生的同学、好友、同事共200多人参加了新书首发式。

82岁高龄的甘肃省建设委员会原副主任（正厅级），甘肃省建筑业联合会会长续庸先生在首发式上感言：成功者自有成功的道理。对于企业管理来说，文化与制度是缺一不可的。柔软的文化，是让员工长久跟随企业的有力武器；坚如磐石的制度，能约束员工的工作态度和行为。《人生因奉献而丰盈》是高禧先生的心声流露，“让企业，文化起来”是高禧先生管理企业的可贵之处。一个企业，如果将企业文化与管理制度结合起来，相互渗透、相互促进，刚柔并济，就能形成独特的企业管理模式，将企业治理到极致。高禧先生在这方面做得很好，值得同行业的朋友们借鉴。

续庸先生还为《人生因奉献而丰盈》一书撰写了序，他在序中写道：

应挚友高禧先生之约，为其文集《人生因奉献而丰盈》写几句话，手捧厚厚的文集，我很感慨。

认识他已有数年，了解他昨天创业的艰辛，感受他今天成功的喜悦，相信他未来事业的美好！

说此话，原因有三：一是他有干事业的胆识和魄力，二是他有干成事业的执着和能力，三是他有干好事业的胸襟和坚韧。所以，他干事业风生水起，一年一大步，几十年的努力，他创办起了甘肃再就业建设集团这个不小的企业，值得敬佩。

高禧先生创办企业有能力，管理企业有良方。如今，他又把这些“良方”汇编成册，奉献出来，值得称赞。

“这是我多年来不断学习、探索、实践所得的一些经验，我想把它整理成册，或许能对其他人有些启示和帮助。您一定要赐教、斧正。”高禧先生谦虚地说。

我说：“不敢。”

“这是我的心声和心血，请一定帮忙。”

高禧先生盛情难却，我还是应承了下来。

当我打开《人生因奉献而丰盈——高禧企业管理论集》书稿时，发现这是高禧先生十余次对企业员工培训时的讲稿，读着读着，竟然放不下手了。

一个个真实的故事迎面而来，没有华丽的辞藻，没有呆板的说教，他用朴实的语言娓娓道来，唯其思想在字里行间穿行，那些哲理、“心语”在不经意间开始与我对话，一股正能量渐渐传递开来……社会需要这样的励志书籍！我深深为之高兴、为之激动。

几日，读完书稿，有了给他写点东西的冲动和激情。

伏案之时，正值夜深人静的时候，抬头望望窗外的景致，霓虹闪烁，惊觉岁月多情，一缕缕淡淡的思绪，扯开了多年过往的情景，引发我深深的思考：高禧带领甘肃再就业人，白手起家，几十年的不懈努力，不仅创下了这么大的一份“家业”，而且带着思想上路，把创业的认知与感悟，写成了几十万字的文章，可喜可贺！

写字成书，就得牺牲娱乐，放弃节假日；就得挑灯夜战，甘耐寂寞……终于明白了“这是我的心声和心血”的实质。

成功者自有成功的道理。对于企业管理来说，文化与制度是缺一不可的。柔软的文化，是让员工长久跟随企业的有力武器；坚如磐石的制度，能约束员工的工作态度和行为。《人生因奉献而丰盈——高禧企业管理论集》是高禧先生的心声流露，也是他

“让企业文化起来”的可贵之处。一个企业，如果将企业文化与管理制度结合起来，相互渗透，相互促进，刚柔并济，就能形成稳定的企业管理模式，将企业治理到极致。从《人生因奉献而丰盈——高禧企业管理论集》中，让人深深感受到这一点。

一杯清茶，三两知己。不妨坐下来读一读《人生因奉献而丰盈——高禧企业管理论集》，从中找到适合自己的人生哲理，也许还能化解正面临的难题，岂非快事？

做人做事，往往追求完美；说话写字，总想表达深刻……借此书名，祝高禧先生人生更加丰盈多彩。

高禧先生则说：“拙作《人生因奉献而丰盈》是我把近几年对企业员工进行培训时的讲稿整理而来的，这是我多年在企业管理、学习、实践中的经验总结，是我对企业管理的一些看法、想法和做法，也有我学习借鉴其他企业管理者的经验之谈。

我本是搞企业的，突然干起写字著书的事，这不是一时的冲动和激情。这些年来，我带着思想上路，把创业的认知与感悟进行总结、积累、沉淀，把学习的成绩凝聚于笔端，写成了这些文章，目的是让我们的企业，文化起来，让企业实现内涵式发展，传承百年基业，发展自我，回报社会。

我深深地明白一个道理，修身方能治企。我心存挚爱，我爱祖国，爱社会，爱企业，爱每一位员工；我爱父母，爱家人，爱子女，深爱每一位朋友。因为爱，我有一个梦想，就是要让企业长青，让家人、朋友幸福，让各位员工有工作的岗位，更体面、更有尊严得生活。

对我来说，著书立说，不比抹灰抱砖轻松。著书立说，就得牺牲娱乐时间；著书立说，就得挑灯夜战，甘耐寂寞……

近几年来，我始终不敢怠慢，始终在不懈地努力。但是，由于才疏学浅，我的挚友胡全基先生和宁夏人民出版社的编辑王艳女士给予了大量的修正、润色，尚有很多欠缺与不足之处。如果《人生因奉献而丰盈》一书的出版发行，能给别人一丝丝人生感悟，若能给别人一点点思想启迪，就达到了我写这本书的初衷和目的，我将深感欣慰。”

在新书首发式上，高禧先生宣布，他用《人生因奉献而丰盈》一书的全部稿费和售书所得的书款，设立企业文化建设基金，全部用于企业职工文化建设和资助社会文化慈善事业，在场的200多人对此报以热烈的掌声。

手捧厚厚的文集《人生因奉献而丰盈》，我很感慨。这是一本励志书。字里行间体现着企业家的精神、立场和信仰，是企业发展中成功经验的总结，是企业的宝贵资产，它旗帜鲜明地告诉员工，应赞美什么，鼓励什么，反对什么，不断地激励着人们奋勇向前，拼搏向上。

当一个人与一片土地牵扯到一起的时候，他就会在这片热土上，把生命演绎得十分生动、精彩。高禧带领甘肃再就业人，白手起家，经过三十多年的不懈努力，不仅创下了这么大的一份“家业”，而且带着思想上路，把创业的认知与感悟，写成了几十万字的文章，带给人们的是思想，是力量，读起来似有一股向善、向上、向前的正能量渐渐传递开来，使人肃然起敬。

二

当一个男人被另一个男人折服的时候，就时时刻刻想着为他和他的事业做点儿什么。于是，我就产生了采写《岁月留痕》这本书的冲动和愿望。

说实话，去接触企业界的“老板”，心情是很复杂的。民营企业家留给公众的大多是投机、钻营、为富不仁的负面印象，若与民营企业家交往过于亲密，在一些人的心中，必定认为是为“利”而来。最令人尴尬的是，以前我在一些民营企业采访时，结识了一些民营企业家，常常有人猜疑我对这些企业有所图谋，或者有求于企业什么，有求于企业家什么。那种猜疑的眼光，让人觉得很别扭、很恶心。

认识高禧先生多年，采写过关于他的新闻稿也有数篇，但深入了解他，这是首次。这次采访的过程，是我全面认识高禧先生的过程，我试图在他的企业里极力探究民营企业在激烈的市场竞争中生存下来，发展壮大的原动力何在？

商场犹如战场。在企业发展中掺杂着许多的经营策略，事事玄机，实在无法探究。采访中，我总希望深度挖掘民营经济生机勃勃的根源，想了解民营企业这个自己不是很熟悉的世界，更想知道民营企业家们是如何生活的，他们有怎样的喜怒悲欢的人生历程。

节假日是我采访高禧先生的最佳时间。可是，节假日的时间对高禧先生来说，同样是属于企业的，忙碌把他的时间充实得满满的，很多次约访，都只能在电话里进行。

于是，追随着他，我到过建筑施工工地，住过民工的宿舍，感受到了创业的艰辛；追随着他，我到过他接受表彰的会议现场，感受过他成功的喜悦；追随着他，我到过处置突发事件的现场，体会到了他的干事才能和魄力……

在我国，对民营企业的认识，经历了漫长而艰难的发展过程。民营企业家们的身上，既有时代的烙印，也有属于他们自己的特有的一些品质。要理解民营企业家，首先必须以中国民营经济的发展史为大背景，并在这一大背景下，了解民营企业家们的奋斗历程，尤其是他们内心深处的酸甜苦辣，以及由此形成的共识。一次，幸获面对面采访高禧的机会，我坐在离高禧先生最近的位置聊天，看似淡定的访谈，心总是在咚咚地跳，这种兴奋与紧张，是我近三十年采访工作中不多见的。他内敛，沉稳，真诚，不张扬，见面很亲切地说“幸会”，给名片，他总是谦虚地说：“总没有时间，给您添了不少的麻烦。”语气里的真诚，让人无法继续追问过去他一次次推脱我采访的理由。他说话有板有眼，所有的霸气、才气都体现得淋漓尽致，骨子里的自信从不掩饰，闪耀着智慧的言语，时时会让人产生共鸣、感动。

数月时间，一路奔波，几多艰辛，收获满满。

采访的过程，是我升华思想，完善创作思路的过程。至今回想起采访高禧先生的往事，依然清晰如昨，令人遐思不已、激动不已。我深切地感受到带着思想上路，当你真正走近民营企业家这个群体，就会产生一种肃然起敬的感觉，你就会自觉不自觉地对民营企业家产生一种公正的、客观的评价：创业者不易，创业者伟大！

三

理想是一个人的奋斗目标，由价值观决定，而价值体系是各有不同的。

在采访高禧先生的过程中我发现，当一个男人具有了担当、务实、创新、感恩、仁爱、利众的精神和气质时是感人的，一名民营企业家所承担的社会责任、所具有的企业家精神、所追求的精神文化、所具有的人格魅力，所具有的思想境界并不低。高禧先生说，财富的多少决定不了人的品质，真正的企业家必须经受商业文化的洗礼，这样才能把民营经济引向代表先进生产力的发展方向，引导民营经济继续发扬爱国爱民的光荣传统，为中华民族的伟大复兴作出自己的贡献，这也是保证民营经济能持续健康发展的重要保证……高禧先生的言行和人格魅力，时时刻刻会感染你、打动你、影响你，让你产生一种积极向上的正能量，产生一种热爱生活的激情、拥抱生活的冲动，对他的敬爱之情油然而生！

敬爱是人们心中充满敬佩之意时，所流露出的自然而然的亲近与关爱。被人敬爱，需要高尚的品格；敬爱他人，也凸显自身心灵的崇高。敬爱是一种情感，是对有德有才或有功之人的精神崇敬，也是人们向善的生命本质的回归。

因为感动，所以敬爱。因为敬爱，所以行动。

写作的过程，辛苦并快乐。

做人做事，往往追求完美；说话写字，总想表达深刻……

产生了创作的冲动和愿望后，不敢怠慢，不敢妄语，只能不懈地努力。

时时思考，夜夜写稿，兢兢业业，紧绷着的弦丝毫不敢有一点松懈，虽然小眼睛常常熬成“红灯笼”，但看到写作日渐进入佳境，心中激情澎湃，成就感和愉悦感油然而生……

四

在《岁月留痕》开笔之前，我把创作的念头告诉妻子。她说：“你就按照你的想法去做吧。”

妻子是天祝县朵什乡人，朵什乡与我的家乡古浪县黄羊川镇相连。妻子识字不多，但通情达理。我与妻子于一九八六年农历二月结婚，那是我最困难，也是我人生最低谷的时候，当时我与我六十多岁的母亲相依为命，一个破旧的院落，三间低矮的土房，妻子十八岁时走进我家，我没有能力为她举办婚礼，更别说摆设酒席。妻子从来没有计较这些，她既主内又主外，很是辛苦。与我生活的这些年里，不论是家庭生活多么困难，还是我在人生旅途中遇到这样那样的波折，妻子总是坚定地站在我的身边，同心同德，支持着我。特别是我离家到县、市工作期间，妻子将家里家外的事情打理得井井有条，我在外面工作，丝毫不分心。如今，每天傍晚，我拖着疲惫的身子回到家，打开房门，第一眼就能看到在厨房忙碌着的妻子，妻子为我准备好饭菜摆在桌上，不由得一股暖流涌上心头，一天的疲劳顿时消失得无影无踪，有妻子无微不至的照顾，家的感觉真好！

我和妻子育有三个子女，两女一子。目前，儿女均已完成学业，各自有各自的事情可做。

长女冬梅，温顺善良，善解人意，法学学士。大学毕业为减轻父母经济负担，考取公务员，就职于武威。后随夫赴新疆工作。她本为公安刑事侦查学科出身，但爱好法学，考取了全国司法考试职业资格，获得了律师资格，她的心中藏着个小秘密——想在法学方面学有专长，效忠深爱的祖国和人民。身为父亲的我，甚慰。

儿子万廷，性格善良，聪慧豁达，走出学校进市场，足迹北上广，现代信息业是他的最爱。如今，儿子也已为人夫、人父。海阔凭鱼跃，天高任鸟飞。为父的尊重他的选择。

二女春梅，性格活泼，好学上进，文学学士。大学毕业就职于宁夏一家主流媒体，做个“小编”，忙得不亦乐乎。她生于20世纪80年代末90年代初。初中读书的时候，写出的文章在当地的报纸上发过几篇，读后总觉得虽然幼嫩，但很有点纯粹文化的味儿。大学几年读书，她读新闻学，选修汉语言文学，酷爱文学，擅长诗词，爱好国学、考古、中医等。教室、图书馆、宿舍，三点一线的大学生活，给了她很富足的时间。于是，她不仅认认真真地读了一点书，还身背新疆的馕，到过北京南京；带着西藏的干酪，上过苏州杭州……厚实的文字功底，开朗活泼的性格，祖国壮美的河山，所有这些赋予她丰富的创作“营养”。大学期间，她写了一些文字，出过几本诗集。女儿送我一本，读过之后，自叹不如之余，窃喜。女承父业我很高兴，但她始终没有安居乐业的意思，总想能进一步深造。但愿青出于蓝胜于蓝，做父亲的也好体验一下“长江后浪推前浪，前浪拍死在沙滩上”的壮美。

我将《岁月留痕》的采写提纲寄给远在银川的女儿春梅，请她帮我出出主意。女儿很是支持我的想法和行动，采写期间她也不遗余力地帮我修改，提出了一些合理的意见和建议。

时间是最宝贵的资源，读者的时间更是我十分珍视的。此时，写上这段赘语，不仅是我对家人在我采写《岁月留痕》一书中给予的大力支持深表谢意，也是我五十多年的风雨人生中，对家形成的一种强烈的感觉：家不只是一间房子，一个庭院，而是一副重担，一份责任。在你困难时，家可以让一家人同舟共济；在你孤独时，家可以给你亲情的抚慰，它是人生的驿站，是避风的港湾。

至此，我突然想起一句企业文化宣传口号：“企业是我家，兴旺靠大家”。是呀，高禧先生创办的甘肃再就业建设集团吸纳安排数千人就业，这个企业就是数千名员工的“家”，这个“大家庭”，承载着员工的幸福生活，美好梦想。我向他致敬！

五

我曾经有过成为作家的梦想。那是20世纪80年代初期，在我十六岁的时候，我参加了文学函授学院的学习，在函授学刊《未名作家》上发过《乡村记事》《女人如花》两篇小作品。我也苦苦思索撰写过小说，现在我的书柜里，依然存放着我那时候创作的中篇小说《蛋洼梁的悲欢》的手稿。一沓沓发黄的稿纸上，写满了歪歪斜斜的文字，记录了乡亲们曾在外地淘金的故事。手稿稿纸的右上方，还清晰地留着内蒙古自治区呼和浩特市文联20世纪80年代创办的文学期刊《山丹花》编辑部的退稿印章。

当时的作家梦，因种种原因而终止。后来，我走了新闻这条路。今天我写这本书的意义，不是续圆自己的作家梦，更不是把它当作自己什么文学上的成功，或是人生的成功。如果把这些当作成功去追求，就会将我眼前的真实变得虚幻，从而迷失心灵本有的那一丝一缕的智慧和光明。

我在努力地寻找一种美的精神。

文学作品的价值之一，是内涵美学思考。

文学作品的美学思考是作者蕴含在作品里的那种观察、评价现实的审美标准，表现人类进取中的共同意志和感情；文学作品的美学思考是作品对美的理解和追求，保留信仰底色，使作品具有相应的精、气、神的张力。通过文学作品对自然美的描绘，显露出一种朴素的辩证思想，使人们能认真地思考人生，从而给人以进取的激励，在人生的旅途中奋勇前行。

我的家乡地处祖国内陆西北，目前这里经济仍不发达，乡亲们的物质生活条件需要尽快改善。据武威市扶贫办2011年6月《武威市贫困人口状况调研报告》显示：武威全市贫困人口占全市农业人口的24%，国家确定武威市天祝藏族自治县、古浪县为国家扶贫开发重点县。

贫困是家乡最基本的县情，扶贫攻坚是家乡最大的任务，同步小康，家乡不能掉队，更不能拖全国的后腿！甘肃省扶贫开发办公室编发的2015年第36期（总第87期）《工作简报》说，武威市狠抓精准扶贫精准脱贫方案落地实施，这是家乡父老的幸事。

我是大山的儿子，生于斯，长于斯，不爱这片宽厚的热土，爱谁呢？

加快地方经济发展步伐是实现家乡扶贫、脱贫的关键措施。经济的发展需要大大小小的企业创造财富，需要千千万万个创业者去实现他们的企业家梦想。在中国经济飞速增长的过程中，民营经济功不可没，这是毋庸置疑的事实。然而，在我们为民营经济的发展而欢呼的时候，在我们津津乐道于民营企业家们的奋斗史的时候，我们必须关注民营经济的可持续发展，必须关注民营企业家的健康成长。

民营企业的可持续发展需要政府和社会各界的帮助、支持，民营企业家的健康成长需要政府和社会各界的理解、关怀。不同的行业、不同的阶层，有不同的成长历程，有不同的价值偏好，这些都应该属于“文化”的范畴。我们要尊重民营企业，正视有挣钱本事的民营企业家，不能轻看民营企业的文化。

身为草根，我深知生存的不易，懂得每一分努力都需要赞美，每一种职业都需要理解，每一颗向善、向上、向前的进取心，都应该得到充分的尊重。

一次次地采访，我的心情一次次地澎湃而起。我想，作为当前中国经济发展中最活跃的民营企业掌舵人——民营企业家们，是经济社会发展的中坚力量、商界精英，政府和社会各界人士，包括文化人，应该知道他们在想什么，要什么？我们有什么，该给予他们什么？特别是有思想、有文化的文化人，与民营企业家们之间互补的优势很强，如何去互惠互助？如何融合发展？如何实现共赢？我们一代代，多少人，都在寻找的，不正是这种宽厚的包容与和谐的繁荣吗？

六

“不要因为走得太远，而忘记为什么出发。”

《岁月留痕》是一部纪实文学作品。创作计划完成后，我征求高禧先生的意见，他说：“尊重你的选择。”我把采写的提纲呈上他的案头，他很快就给出答复：“全力配合。”在孕育书稿的过程中，他给予了我许多鼓励、支持和肯定。书稿初成后，他认真地进行了修改，并补充了许多的内容。

由于本人才疏学浅，采写《岁月留痕》的过程中，除得到了我在后记中已经提及并深表感谢的领导、朋友、家人的帮助支持外，在写

“地域文化是脊梁”这段文字的时候，我认真拜读了荣获“第三届冯牧文学奖”，被授予“甘肃省德艺双馨文艺家”称号的武威著名作家雪漠先生的文章《凉州人追求活的理由》，认真拜读并参考了作家、诗人，我的挚友杨若冰先生的文章《凉州方言漫谈》和我的乡亲杨万鹏老师的文章《古浪方言杂谈》，在此致以深深的谢意。

著书立传不同于著书立说。有人把著书立传概括为十六字：撰写实史，留下曾经，续写情感，启迪世人。寥寥十六字，字字重若山！我不敢懈怠，始终如履薄冰，认真地采访，认真地写作。

文学是人学，是苦难的升华，是陌生中的关切和守望。反对野蛮愚昧，提倡文明道德是人的社会属性，赞美高尚的情操，歌颂爱国主义精神和人与人之间相互关怀的平等关系，等等，像绵绵薪火，历时数千年而生生不息。不同时代的文学作品，是反映不同时代社会文明程度和人们道德水准的一面镜子。

文化与经济，传统与现代，民族性与国际化并非对立割裂，而是互补的存在。将经济与文化紧密地结合起来，经济与文化的相互交流、相互融合，物质文明与精神文明双丰收，才是整个社会和整个人类的向往。正如高禧先生所言，“让企业，文化起来”。具有文化的企业必将在更高层次的竞争中快速发展，而得到商业文明滋养的传统文化，必将结出夺目的硕果，散发出诱人的芬芳。有了这个写作的愿望和目的，我突然觉得自己的行为崇高了起来。也许，我的这些想法有些幼稚，但是，我坚信，沟通、交流一定会赢得理解、信任、支持。

存真去伪，是《岁月留痕》这本书的魂魄。一部好的纪实文学作品，它记录着某一个时期、某一个地方、某一个阶层的普通民众的真实生活历程，真实地反映着他们的思想、情感和喜乐悲欢。

《岁月留痕》与读者见面了，在忐忑之余，我殷切地希望它能成为我与大家思想交流的纽带，情感沟通的桥梁，赢得理解的使者。我向所有关心支持《岁月留痕》一书出版的朋友敬礼！向所有关心支持和参与家乡建设的朋友敬礼！向我生命过往中，每一个令人仰视的人格和崇高的品德敬礼！